AFFAIRES DE TERRE ET PATENTES D'ARTISTE

DU MÊME AUTEUR

ROMANS ET RÉCITS

La foi du braconnier, Leméac, 2009 ; Bibliothèque québécoise, 2012.
Hollywood, Leméac, 2012 ; Bibliothèque québécoise, 2015.
Nord Alice, Leméac, 2015 ; Bibliothèque québécoise, 2019.
Les repentirs, Québec Amérique, 2017 ; Bibliothèque québécoise, 2020.
Jenny Sauro, Leméac, 2020.

POÉSIE

Au milieu du monde, Le Noroît, 2017.

MARC SÉGUIN

Affaires de terre et patentes d'artiste

Chroniques

LEMÉAC

Ouvrage édité sous la direction
de Marie-Josée Roy

Photographies de la couverture et de la page 139 : Julie Larocque

Leméac Éditeur remercie le gouvernement du Canada, le Conseil des arts du Canada, la Société de développement des entreprises culturelles du Québec (SODEC) et le Programme de crédit d'impôt pour l'édition de livres du Québec (Gestion SODEC) du soutien accordé à son programme de publication.

Canadä

Tous droits réservés. Toute reproduction de cette œuvre, en totalité ou en partie, par quelque moyen que ce soit, est interdite sans l'autorisation écrite de l'éditeur.

ISBN 978-2-7609-4867-9

© Copyright Ottawa 2021 par Leméac Éditeur
4609, rue D'Iberville, 1er étage, Montréal (Québec) H2H 2L9
Dépôt légal — Bibliothèque et Archives nationales du Québec, 2021

Mise en pages : Anne-Marie Jacques

Imprimé au Canada

Première partie
Chroniques du potager

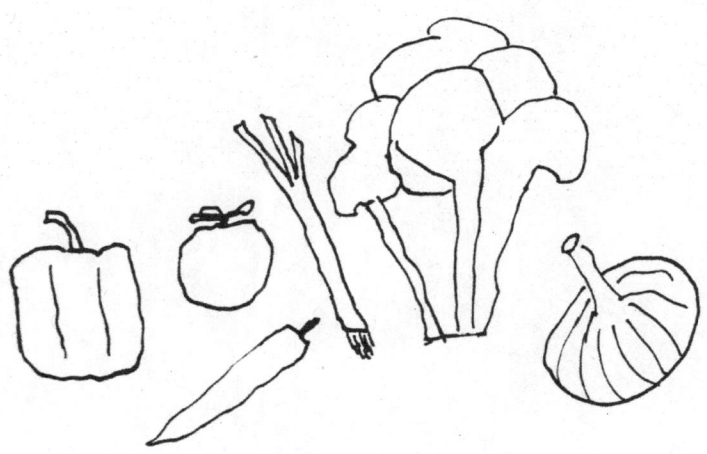

OSCAR ET GOYA

26 février 2017

L'hiver, c'est le meilleur moment pour abattre les cochons. Parce que la carcasse doit refroidir rapidement. La qualité est là ; le refroidissement freine l'acide lactique et les enzymes qu'on ne veut pas. Il faut faire vite.

Chez moi, les cochons sont en liberté dans la forêt. Sans entrave, on s'entend. Il y a une clôture, mais elle sert à tenir les renards, les coyotes et les ours à l'écart. De toute manière, un cochon ne cherche pas à forcer les frontières s'il a un abri, de l'eau et de la nourriture. J'ai des amis qui n'ont pas de clôture et tout est OK. Les cochons restent volontairement. Je résiste très fort ici à l'envie de faire des parallèles douteux avec les animaux à deux pattes.

Toujours est-il que la journée où j'abats un cochon, mes enfants veulent être aux premières loges. Fascinés, comme je l'étais, par ces mystères. Qui en fait n'en sont pas. Mais ça, on l'a oublié. Trop occupés par la politique, les actualités, la culture, nos sentiments et notre ego. Peut-être aussi un peu trop par la télé et autres histoires de migrants qui émerveillent notre confort.

Revenons à nos cochons. J'abats l'animal, on leur donne des noms et celui d'aujourd'hui s'appelle Oscar. Une fois le cochon mort, mon plus vieux s'avance avec le tracteur. J'enchaîne l'animal par les pattes arrière et l'attache au *loader*. On lève. De là, il faut le saigner. C'est comme ça. Le sang doit absolument sortir. Dans l'industrie, y a des gars qui font ça à longueur d'année. Ce sont les saigneurs. Ils ne durent jamais très longtemps. Des fils se touchent, et une nuit, ils dorment mal. Puis une autre. Et d'autres encore.

Mais chez nous, un porc par saison, c'est OK. On recueille le sang. L'hiver, c'est plus facile. Parce qu'il faut brasser pour stopper la fibrillation. Jusqu'au refroidissement. Une fois refroidi, le sang ne coagule plus. De là, il pourra devenir le boudin. Je tiens un bol près du cou et ça s'emplit, je brasse avec la main nue, ça réchauffe, et de là, il s'en va à un des enfants, qui le tient au sol dans la neige et qui brasse jusqu'à ce que le liquide ne fasse plus de caillots. La suite est au fourneau.

Après la récupération du sang, le porc est étendu sur un lit de foin, et recouvert encore de foin. Puis j'y mets le feu.

Ça brûle si fort que c'est difficile de rester à moins de trois mètres. Chaque fois, j'ai une pensée pour les sorcières qui ont été mises au bûcher. On dirait un tableau de Goya.

Le feu de foin, c'est pour brûler le poil et donner du goût. Puis, comme dans l'expression «feu de paille», en quelques minutes, c'est éteint. Alors j'éviscère l'animal. Les enfants sont toujours là, de plus en plus fascinés. La vraie patente. Le foie, les reins, l'estomac, les intestins… C'est comme ça pour toutes les cultures hors sol (animales). Sauf qu'ici, c'est à vue. Un cochon qu'on a côtoyé vivant, jusqu'à l'assiette. La réalité. Les enfants comprennent. La viande n'est pas uniquement un morceau de filet de porc qui ne goûte rien, dans une belle assiette avec une sauce trop sucrée et trop salée, mais dont on se réjouit parce que ça se défait avec une fourchette comme si c'était un miracle de Fatima !!!

Cette semaine, faire boucherie a été un peu différent.

— Papa, pourquoi y a des polices partout ?

Des voitures de la GRC en permanence sur les routes. Chez moi. D'autres voitures de l'ASFC (Agence des services frontaliers du Canada). Tous les jours. Partout. Parce que si on marche en ligne droite dans ma forêt, vers le sud, à un moment donné vont apparaître des petites bornes blanches tous les 100 pieds. La frontière américaine. Il se trouve que depuis quelques mois, plein de gens la traversent. À pied. Dans la neige. Le froid.

— C'est plein de policiers parce que les gens qu'on a vus l'autre fois, et d'autres encore, veulent changer de pays. Ils viennent ici.
— Pourquoi ils veulent changer de pays ?
— Pour venir ici.
— Mais tu chiales toujours contre notre pays. Pourquoi ils veulent venir ici ?
— T'as raison, ma chérie – tire sur la panse plus fort, j'arrive pas à séparer le cœur des poumons –, mais c'est aussi à cause de Trump, parce qu'il ne veut pas les avoir aux États-Unis.
— Mais ils peuvent vivre chez nous ?
— On dirait. Pis on dirait même que c'est plus facile quand ils passent dans notre forêt que s'ils le demandaient par les voies officielles.

On est rendus là.

J'insiste beaucoup chez moi pour que personne ne ferme les yeux quand on peut voir la réalité.

On n'écoute pas beaucoup de films non plus. C'est trop comme de la viande tendre qui ne goûte rien.

Ces gens traversent à deux kilomètres d'où je dors et bois mon café, tous les jours. Un régime politique difficile à imaginer dans nos vies tranquilles. Pourtant, l'histoire s'écrit. Aujourd'hui, on dirait que je vis dans un tableau de Goya. Lui qui a peint et relevé les caprices et les bouleversements de l'humanité. Tout simplement. Une scène avec un cochon éventré et des hommes qui traversent la frontière invisible de la bêtise. Une scène pleine de torts et de beautés. Les policiers ont de vrais *guns*. Les gens qui fuient ont de véritables raisons et ils grelottent pour de vrai.

Ils sont mal nommés; ce ne sont pas des migrants, mais des fuyants. Une vie censée être plus simple que la précédente. Je sens qu'on va bientôt en faire un film. Pour que ça ait l'air plus vrai.

On me demande pourquoi je fais boucherie année après année. Il m'apparaît plus simple de penser et vivre de cette manière. Cette année, c'est en croisant des humains en détresse. Juste comme ça.

J'ai tellement hâte à la soirée des Oscars; que la réalité nous revienne enfin.

SIROP DE POTEAU

26 mars 2017

J'ai fini d'entailler les érables le 9 mars. J'ai bouilli la première fois il y a quelques jours, le mercredi 22. Ce sont les plus belles semaines de l'année. Des semaines libres. Pleines d'espace. Sans horaire. Où je parviens à vivre ailleurs, dans un autre rythme. Attendre que la nature fasse sortir le sucre des arbres. Des semaines où le temps est un privilège. Celui des choses que je ne contrôle pas. Ça fait du bien. La première eau était sucrée. Ce n'est pas bon signe. Quand c'est trop sucré au départ, le temps des sucres est court. Ce sont les vieux qui le disent.

Ça a coulé un peu en début de semaine. Autrement, pas une seule goutte d'eau d'érable depuis le début du mois.

Or, quand il fait froid, ou qu'il tempête, il y a soudainement trop d'actualités dans ma vie. Trop de gens qui s'ennuient et s'inventent des nouvelles. Le temps les écumera, certes, mais pas assez vite à mon goût. Combien de jours encore à entendre parler de la crise de l'autoroute 13 ? Il faut franchement et profondément s'ennuyer pour étirer cette histoire. Demander la démission d'un ministre ? Heille ! Des cafouillages, il y en a partout. Cette situation est une mauvaise pièce de théâtre, trop éclairée, avec des vrais mauvais acteurs.

Peut-on S.V.P. continuer de parler des problèmes du système de santé ? Des manques urgents en éducation ? De vrais problèmes de société ? Je n'ai rien à faire du Parti libéral du Québec, mes allégeances sont humaines avant d'être partisanes. Mais des fois, il faudrait siffler le jeu et rameuter un peu le bon sens. Cette semaine, il s'est perdu. Je rêve encore du politicien ou de la politicienne qui comprendra que le véritable pouvoir viendra de la franchise, et d'un courage décisionnel. Je rêve. Je sais. C'est aussi la beauté d'avoir du temps.

Un peu d'éducation ? Ça s'appelle l'initiative Angelot. J'ai lu cette semaine, avec attention et inquiétude, qu'on avait mis sur pied une campagne pour prévenir et lutter contre les violences à caractère sexuel dans les bars fréquentés par la communauté étudiante. Un système qui permet aux filles qui se sentent menacées d'avoir de l'aide. (Soupirs ici.) Dans les moyens, il y a tout pour se réjouir... Mais quelle ostie de race de babouins préhistoriques a toujours besoin de mesures pour empêcher ses jeunes hommes d'agresser et de violer ses jeunes femmes ? Des siècles d'évolution, ils disent.

Oui, les femmes votent. Oui, elles travaillent et peuvent rêver d'être un peu plus libres. La vraie patente ? On dirait qu'elles ne le seront jamais.

Jamais. Suis désolé. Vous dire la déception quand je lis ces faits. J'ai deux filles et deux garçons. Mes filles auront certainement encore un peu peur d'exister simplement, quand elles auront un âge adulte. Ce n'est pas normal. À partir d'ici, c'est aux hommes de dire aux gars : « *Come on*, les gars... » C'est pas normal que les femmes aient peur. Si le système leur fait défaut, suis triste et désolé de baisser les bras devant la petite justice. Peut-être devrait-on s'en inventer une autre ? Je dis ça de même. Une justice que ces animaux d'hommes caves et faibles pourraient comprendre.

Cette semaine. Enfin.

Y a des chaudières qui ont débordé, et certaines qui sont au tiers. Y a des arbres qui donnent plus que d'autres. Comme je le disais tantôt, quand l'eau est très sucrée aux premières coulées, c'est mauvais signe. Ça veut dire que la saison sera courte. C'est fou comme la nature ressemble parfois à s'y méprendre à certains politiciens dans l'actualité.

Y a une série documentaire, de Netflix, qui viendra tourner chez moi la semaine prochaine. Sur le sirop d'érable et notre rapport au terroir. Une équipe de New York. La recherchiste, la productrice et le réalisateur m'ont parlé de Justin pendant les rencontres de préparation. J'ai un peu évité de répondre en leur racontant que quand je suis écœuré des nouvelles et des bêtises civiles, je vais dans le bois parler aux arbres. Pas comme un rêveur; je leur parle pour de vrai.

Dans l'érablière, il y a deux érables qui font 180 centimètres de diamètre. Énormes. C'est six pieds su'l tronc, ça. Ils sont l'un à côté de l'autre. Quelques pas. Ça fait 15 ans que je les entaille. Ils doivent avoir 250 ans. Quatre chaudières chaque. Il y en a un des deux qui donne trois fois plus que l'autre. Année après année. C'est comme ça. Les deux, quand ils sont enfeuillés, à l'été et à l'automne, sont majestueux. Je leur demande pourquoi ils sont si différents. Ils ne me répondent pas. C'est un peu comme les doublures en carton grandeur nature de notre premier ministre unifolié, imprimées, envoyées et utilisées pour faire la promotion du Canada à l'étranger... Je ne ferai pas de parallèle ici; tout le monde est assez intelligent pour faire la différence entre une pancarte-silhouette du premier ministre et le vrai premier ministre, hein?

Les gens de Netflix m'ont regardé avec un sourire, et hop on change de sujet!

N'empêche. Ça donnerait quoi si on entaillait un mât de drapeau?

Il fait toujours froid et laid dehors. Le vrai sirop se fait attendre cette année. On chiale sur le budget, tout le monde est en manque de quelque chose. Sans arrêt. Il y a longtemps que je ne prie plus. Je fais des souhaits.

J'ai hâte que les érables m'occupent à temps plein. J'ai besoin de faire dévier un peu la réalité, là. J'en ai trop eu en deux semaines. S.V.P., belle Nature, fais en sorte que la vraie vie qu'on nous rapporte existe un peu moins. Et même si je suis un peu impatient, je t'aime quand même. Mais S.V.P., aide-moi un peu avec le sirop.

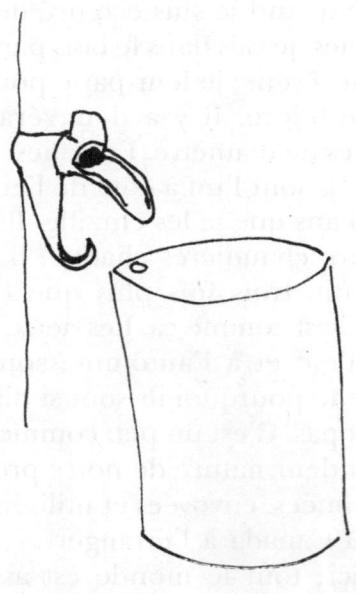

LA PLUIE

7 mai 2017

J'ai une maison. Dans une île au milieu du fleuve. Isolée du monde. Sur la faille de Logan. Sans électricité. Éclairage au gaz. La marée a ses droits sur la terre et les routes. J'y passe plusieurs semaines par année. Déconnecté, on dit. Mais c'est plutôt le contraire qui s'y produit. Je m'explique.

Il pleut beaucoup ces temps-ci. C'est un sujet de plainte. Un véritable enjeu de société ! On en parle beaucoup. Alors je lis, seul, sous le bruit des gouttes d'eau sur les toits. Y a une petite bibliothèque faite en boîtes de vin au mur. Les livres datent. Il y en a un sur la sorcellerie au Québec, édité en 1979. Un autre sur les légendes du Saint-Laurent, dans lequel on parle de ma maison et de mon « isle »; des histoires répertoriées depuis le début des années 1600. Parfois, c'est le tic-tac de la trotteuse de l'horloge qui prend toute la place, ou de la bouilloire qui siffle (je ferais des bassesses pour une camomille), ou du feu dans le poêle. Souvent, c'est le son de mes pensées et de mes soupirs qui charge la pièce.

Je suis paresseux, alors la nuit, je ne descends pas toujours remettre du bois, avec comme conséquence qu'il fait froid au réveil. Faut refaire le feu. Papier, petit bois sec et bûche.

Un matin cette semaine, j'ai manqué de papier journal. Comme il pleuvait à boire debout, j'ai décidé de traverser sur le continent pour aller faire des courses.

Suis allé mettre de l'essence, acheter du lait, du pain et des Kit Kat. Et j'ai fait le plein de journaux. Misère de misère.

Pour moi, un journal papier, ça sert à partir des feux. J'aurais dû suivre mes instincts et les mettre dans la boîte à bois. Mais comme il pleuvait, j'ai décidé de les lire.

Les journaux, véhicules traditionnels d'information, sont devenus des arènes. Et ça inquiète. Ça m'inquiète parce que je me fie encore aux journalistes. Ils sont, devraient être, encore et toujours, les gardiens d'une idée sociale. Ils doivent montrer du doigt, donner des alertes et siffler le jeu de temps en temps. Depuis quelques semaines, il semble que plusieurs d'entre eux soient pris dans une spirale de confrontation. Entre eux. Ils se critiquent de plus en plus publiquement. Ils vampirisent l'espace public avec leurs agendas et leurs idées contraires. On dirait l'Assemblée nationale. Des adultes qui perdent toute légitimité selon leur allégeance. On s'accuse de tout. On cherche à compromettre. On joue un peu avec la vérité, qu'on fait plier à sa limite. Ça pue la partisanerie à plein nez. Se sont construits des châteaux médiatiques de part et d'autre, avec des radios, des télés, et on le devine : des lignes d'action. Ce qui est fascinant, c'est combien les techniques de guerre finissent par ressembler aux dictateurs. Parfois, on jurerait des histoires de sorcières et d'inquisition.

Mon avis : c'est dangereux.

Les journalistes ont un travail sérieux à faire. On est en droit de s'attendre à plus de rigueur, et à moins de « commandes spirituelles » des saints-esprits. Le jupon dépasse, et c'est pas super beau. Y a des jours où je déteste la pluie.

Et d'autres où je remercie le ciel de toute cette eau qui tombe parce que ça me fait sourire. J'ai beaucoup souri, encore, en prenant des nouvelles de Donald dans les journaux. Il est vraiment divertissant ce pauvre monsieur. Plus ça va et plus on comprend qu'il n'est pas intelligent. Tiens, en parlant de lui dernièrement, avec plusieurs personnes qui savent tout, on dit en coulisse qu'il serait atteint d'un début de démence. Faut résister à l'envie de rire ici, ce n'est pas une métaphore.

Paraît aussi que le lait est toujours un enjeu. La Corée du Nord tire des missiles qui explosent en vol. Notre premier ministre semble faire moins de reportages photo depuis une semaine, et c'est tout aussi inquiétant.

C'est jour d'élection présidentielle pour la France. Tout le monde sait que c'est Emmanuel Macron qui va gagner si les gens sortent voter. Ce gars-là a fait des alliances avec tout ce qui était possible et impossible pour se faire élire. Ironiquement, c'est aussi à cause de toutes ces alliances qu'il ne pourra pas gouverner librement. Trop d'attaches. Tiens, tiens, on peut faire des liens jusqu'ici.

Le plus inquiétant, me dit-on, c'est que ces cinq prochaines années d'inaction vont mettre la table pour l'élection officielle de Marine Le Pen en 2022. Comme Obama a mis la table pour Trump. Trop de promesses et d'espoirs inaboutis appellent la déception.

J'ai fait des tests. De tous les différents journaux publiés au Québec que j'ai achetés, c'est *Le Devoir* qui allume et brûle le mieux. Dommage qu'il ait si peu de pages.

J'ai encore lu des trucs cette semaine sur cette belle et magnifique fille qui chante. On la trouve laide et mal habillée. Re-misère. Je me suis fait une longue liste de belles chanteuses vides et sans talent. C'est de ça qu'on devrait parler. Tenter d'être un peu moins hypocrite. Safia Nolin me touche profondément. Sa voix et ses mots me transpercent. Je me câlisse du reste. Et je répète qu'elle est belle et vraie cette fille.

Humaine. C'est ça qui fait chier. Faudrait un peu en revenir.

J'ai aussi appris que le ministère de l'Éducation maquillait les notes des élèves. Vraiment? Oh la nouvelle! Pourquoi ça fait un tollé? Y a pas d'histoire ici. On maquille tout : les visages, les yeux, les lèvres, la vérité, nos vies. Mon avis : vaut mieux commencer tôt avec nos enfants, comme ça, on en fera des citoyens normaux et fonctionnels. Ils pourront lire les journaux et utiliser les réseaux sociaux, et faire semblant que tout est OK.

La pluie ne m'empêche pas de travailler dans le potager. Le magnolia, lui, il se fout du ciel, il est tout en fleurs. Même dans la grisaille. Suis quand même un peu écœuré d'attendre ce printemps. C'est pas la mouille qui me dérange ; j'ai simplement trop de temps pour l'actualité.

L'ENGRAIS

2 juillet 2017

Avec la pluie qui tombe cette année, la nature est belle, riche et verte, et luxuriante. Le problème, c'est que tout s'en va dans le feuillage. Pas grand-chose pour les fruits et les légumes.

J'ai appris cette semaine, de la part de notre chef d'État, et dans la foulée du scandale scandaleux d'un char allégorique qui faisait la promotion de l'esclavagisme québécois, que ce qui est important, c'est la perception d'un événement. Hé ben.

Les plantes du potager sont vraiment très belles lorsqu'on les regarde de loin. Mais de près, les légumes sont rares. Trop d'eau. Vous me voyez venir ? Pas besoin d'expliquer les évidences ? Un peu quand même.

Comme quand on fait le ménage pour la visite. Ou quand on sourit, même quand ça ne va pas.

On force un peu sa nature. Ce qu'on donne à penser semble plus important que l'état de la situation. J'y reviendrai plus loin.

J'ai aussi appris la semaine dernière que le budget de la culture avait été augmenté de 4 millions. C'est peu, dit-on. On le dit chaque fois. Quelques personnes et certains organismes l'ont crié. Les gens de théâtre surtout. Le protocole a été suivi, c'est toujours par eux que ça commence ; c'est leur métier de parler fort. D'autres ont suivi.

Les plaintes normatives ont été faites, et elles ont été entendues par les habitués. Au gouvernement, on a réagi une semaine plus tard devant les protestations.

Quelqu'un pourrait-il m'expliquer pourquoi il faut chialer quand on veut plus ?

Personne ne s'offusque vraiment de la culture. C'était dans le passé. L'urgence est ailleurs, nous dit-on encore. Alors qu'elle demeure un fabuleux symbole d'identité. Quand je voyage ailleurs, et même ici, parfois dans ce Québec colonialiste, je ne m'intéresse pas vraiment aux problèmes du système de santé ou aux conventions collectives de l'État. C'est par la culture qu'on s'identifie comme peuple. Pas celle qu'on s'invente par bonne conscience (y a-t-il quelqu'un qui a réussi à regarder et à trouver bon le spectacle de la Saint-Jean de la place des Festivals ?).

Augmenter le budget de 100 millions ne changera rien. On nourrit le monstre. Y a trop de feuillage. Une idée comme ça : réorienter l'argent et réduire les coûts de gestion de l'appareil qui gère la culture pour diriger ces moyens vers les créateurs et favoriser la diffusion. On n'aurait pas à rajouter une cenne nulle part. La vérité vraie : l'argent va beaucoup trop à l'administration de la culture plutôt qu'à sa création. On apprend du coup qu'il y a eu des tables de concertation, d'autres consultations publiques et citoyennes, et encore des mémoires, et qu'il y en aura d'autres.

Je serais curieux de savoir combien coûte l'administration d'un dollar donné à la création après toute l'opération.

Saluons au passage la volonté de rafraîchir la politique culturelle du Québec. Mais pas à n'importe quel prix. Je le répète : l'argent doit aller à la création et à sa contagion. Et ça comporte une prise de risques. Je souhaite qu'il y ait un paragraphe sur la tolérance dans cette politique, et que les artistes puissent véritablement bénéficier d'une aide. On est en droit de s'inquiéter quand on apprend dans la même semaine que c'est la perception qui est importante. Pourquoi on ne ferait pas semblant que tout va bien ? Pourquoi on ne ferait pas semblant que les artistes vont bien et qu'ils sont heureux ? Me semble que ça s'arrange ; les élections s'en viennent.

Je ne suis pas historien. Ni politologue. Et je ne connais à peu près rien de la sociologie. Je sais par contre qu'à une certaine époque les artistes faisaient partie de la société québécoise. Ils participaient aux idées. Ce n'est plus le cas. Sauf exception, ou pour servir la perception.

Depuis, les rôles se sont inversés : les gestionnaires pointent et citent les artistes (quelques-uns, on s'entend) pour prouver que le système fonctionne. Au niveau de la rue, et du doute, ça ne marche pas. L'art se fait, oui. Il résiste et se ferait même sans système. Mais on doit l'aider. Notre réalité démographique l'exige ; l'art ne peut pas faire partie d'un bilan économique. C'est ailleurs que ça se calcule. La culture sert à nous nommer. Au-delà des politiques et des budgets. De la bonne manière.

Avec de vrais moyens, on sait que ça fait avancer. Je connais plusieurs créateurs encensés et à la mode qui ont bénéficié d'enveloppes discrétionnaires. Et ça fonctionne.

On sait aussi qu'on est à un peu plus d'un an des prochaines élections. On a soudainement de l'écoute. Cela étant dit sans cynisme. Pauvre système. Je reste calme et composé, même si ça fait chier de voir toutes les ficelles et les chaînes. On nous a fourré de l'austérité dans la gorge pendant des années. Là, magie-magie, on a un surplus. Hé ben. J'ai un peu la perception qu'on se fout de nous.

Une autre idée comme ça : je suggère qu'on ait des élections à date fixe, chaque année.

Pour le potager, les années pluvieuses, je fertilise, surtout du phosphore. Ça aide les fleurs.

Qu'en pensez-vous ?

LES LICORNES D'AUTOMNE

5 novembre 2017

Premiers jours de novembre. L'air est bon et frais cette semaine. Vif. Dernière corvée pour le bois de chauffage. Il en manquait un peu. Je qualifie les hivers, et leurs rigueurs, par le nombre de cordes passées. J'ai un foyer de masse. Un foyer de pierres qui emmagasine la chaleur du bois qui brûle dans sa structure de pierres au lieu de chauffer l'extérieur par la cheminée. Une idée vieille comme le monde. Une des moins polluantes de toutes les idées de chauffage. Qui plus est, les arbres sont une ressource renouvelable. C'est un peu plus compliqué physiquement qu'un thermostat, par contre. Faut faire des efforts. Pas besoin de gym.

Toujours novembre. Encore des betteraves, des laitues, des oignons, des céleris-raves, quelques piments, des choux, du kale, des poireaux, des carottes, et une toute petite aubergine qui a résisté, survécu, au mois d'octobre.

J'ai planté l'ail avec mon plus jeune cette semaine. C'est comme ça pour l'ail : on plante à l'automne si on veut récolter l'été suivant.

— Pourquoi tu mets les ails qu'on mange dans la terre ?

— C'est ça qu'il faut planter, c'est comme les patates. On plante une petite gousse. Qui elle donnera une tête : plusieurs gousses. On peut aussi dire des bulbes.

— Tu plantes des bulles ?

— Non, patate, des BULBES. B-u-l-b-e-s.

— Oh, c'est un drôle de mot.

Je résiste beaucoup aux actualités ces jours-ci. Beaucoup de sensibilité. Elles transpercent ces histoires. Je sais qu'il ne faut pas dire ça, mais ça ferait du bien, quelques belles nouvelles, au travers, ici et là.

Je me mords les lèvres et éviterai de parler de toutes ces « affaires » que les journalistes fouillent. C'est un petit monde. Tout le monde se connaît. Y a plein de noms qui circulent, et juste ça, c'est pas beau. Deux journalistes m'ont appelé cette semaine pour « jaser » de certaines personnes. J'admire la prise de parole et la prise de conscience qui vient avec, mais ça ferait du bien d'intercaler des sourires, de temps en temps. Ça nous affecte tous. Au-delà des anecdotes, des faits et des victimes, c'est dans l'humanité que ça fesse. Ça nous inquiète. Au point que j'ai fait le tour des personnes avec qui je travaille ; pour savoir si j'avais toujours été respectueux.

On a aussi récolté les oignons rouges cette semaine. Sont au frais pour l'hiver. On est rentrés après le rang d'ail. Lendemain d'Halloween. On a allumé la télé pour regarder *Les Simpson*. J'avais décidé de sourire. *Les Simpson* sont toujours efficaces. Et l'inattendu s'est produit : à la télé, dans une brève, on a vu le premier ministre canadien habillé en Superman aux Communes. Et fier de son déguisement. Me suis étouffé dans ma tisane. Un vrai sourire. Sincère. Merci d'avoir fait ma journée. Faut quand même avoir une sacrée naïveté pour faire de la politique. Mais non… y a juste lui qui est comme ça. Cela étant dit sans cynisme. Tout le monde sait que le véritable premier ministre, c'est Gerald Butts.

J'ai vraiment ri, en tentant d'expliquer à mon garçon que même Superman avait une faiblesse : la kryptonite. C'est une pierre de sa planète natale qui lui enlève ses pouvoirs. Cette semaine, je vous laisse lui inventer d'où vient, sous quelle forme, sa kryptonite...

Retour sur terre. Pendant *Les Simpson*.

— Papa, tout le monde parle des monsieurs méchants avec les madames.

— D'abord, y a pas juste des monsieurs méchants, pis y en a qui sont pas fins avec des hommes aussi. Ces derniers jours, y a plein de gens qui ont parlé pour dénoncer des gestes pas gentils. Tu sais, comme ceux dont on te dit qu'il faut te méfier. Et de le dire si jamais t'en vois. Ces dernières semaines, y a des personnes courageuses qui ont pris le taureau par les cornes...

Silence.

— ... ça veut dire ne pas avoir peur face à une difficulté. Ne pas fuir devant le danger.

Je ne voulais pas aller là. Me suis dit qu'il comprendrait et que l'expression du taureau lui ferait une belle image. Eh non. J'ai dû expliquer qu'il fallait dénoncer certains comportements avec plus de précisions.

— Heille, demain, on va faire de la pelle, OK ?

Il y a un ami qui m'a prêté une pelle mécanique cet automne. J'adore faire des trous, dessoucher des troncs, creuser des fossés, niveler des champs, transporter des pierres, faire des chemins. C'est comme un vrai Tonka. Pour homme. Je sens que je suis important quand je conduis une pelle ! Sais pas d'où ça vient, mais peut-être qu'on devrait creuser dans cette fierté-là pour la suite...

— OK, il a dit, tout sourire.

— On va faire un carré dans le champ des chevaux pour planter plein de citrouilles l'année prochaine.

J'adore l'Halloween. J'ai quatre enfants, et je leur pique leurs chips et leurs Kit Kat toutes les fois.

Il était fier d'avoir planté l'ail même s'il trouve ça long attendre jusqu'à l'été prochain pour en manger. Le soir dans son lit, je lui ai dit que ça passerait vite.

Noël bientôt. L'hiver, la neige, la cabane à sucre, après on va aller à la pêche, l'école sera finie et l'ail aura poussé. Il n'en avait rien à foutre de la chronologie des choses. Il fixait le plafond.

— C'est drôle, ça, prendre le taureau par les licornes.

— Oui, trésor, sont fortes. C'est les licornes qui attrapent et tuent les taureaux cet automne. Bonne nuit, mon petit homme.

LE COYOTE DE NOËL

17 décembre 2017

Je me méfie toujours un peu des journalistes quand il est question de Trump. Parce qu'ils sautent à pieds joints sur tout ce qui peut, ou pourrait, miner le président américain. Chaque nouvelle, chaque nouveau fait semble souvent souhaité. Cela étant dit, je les comprends un peu, le gars les discrédite depuis presque deux ans. Ça se joue à deux, on dirait. Ne pas oublier que ce sont des citoyens qui ont voté. Ce sont eux qui sont responsables de sa présidence.

L'inquiétude persiste quant aux qualités du président. Par contre, ses défauts, eux, sont de plus en plus évidents.

À l'atelier cette semaine. J'ai une assistante, qui vient de Seattle, inquiète elle aussi du climat. Un matin elle me demande :

— Vous pensez quoi, au Canada, de Trump ? J'ai honte de cet homme et de toutes ses histoires qui n'en finissent plus.

Le juge Roy Moore a été défait mardi. Candidat républicain au Sénat, visé lui aussi par des allégations d'inconduites sexuelles. C'est le candidat démocrate, Doug Jones, à la surprise de tous, qui a gagné cette partielle. Cette élection d'un démocrate en Alabama est une acrobatie sociale.

— Ce que j'en pense ?

Je lui ai répondu en lui racontant un truc qui m'était arrivé quelques jours plus tôt. En me rendant à New York cette semaine, je me suis arrêté en route chez des amis qui ont une grande propriété près du Connecticut. Pour chasser quelques heures (le cerf de Virginie). À l'est des Catskill. Vingt-cinq centimètres de neige au sol. Mon guide s'appelle Matt. Sa femme, Courtney, et lui sont originaires de la Pennsylvanie rurale (en fait, toute la Pennsylvanie est une campagne reculée). Ils viennent de déménager ici, dans l'État de New York. Pour y travailler comme guides et gardiens de la propriété de mes amis. Ils ont 30 ans. Ils ont voté pour Trump.

Matt était heureux de me voir débarquer. Mes amis leur avaient parlé de moi. Heureux de constater qu'il allait me guider (ils ne connaissent pas beaucoup d'artistes qui chassent aux É.-U.), et surtout, heureux parce que je n'avais pas 70 ans (ses mots).

— Comme ça, on va pouvoir marcher.

Et on a marché au moins deux dizaines de kilomètres, à travers vallons et montagnes, dans la neige. Blanche. J'ai vu beaucoup de cerfs. À distance. Trop loin pour la portée d'une flèche. À un moment donné, il y a quelque chose qui a bougé à 5 mètres de nous. Un coyote. Pris dans un piège.

Un piège à coyote, évidemment. Un peu partout en Amérique, comme chez nous, ces animaux sont des nuisances. Ils détruisent les basses-cours, tuent les veaux et les faons. On les déteste. On voue un culte à les attraper. Dans la nature, le coyote est l'exemple parfait de l'intelligence animale : survivre. Il s'est adapté à tous les climats et à toutes les conditions. Du Nord canadien au Mexique. Mais il n'a pas d'honneur ; il s'attaque aux plus faibles et aux proies faciles. On dit même qu'il tue parfois par plaisir. Alors, on l'encense d'une part, et on le déteste d'autre part.

Le coyote était là, devant nous, pris par une patte arrière. (Pas besoin d'une insurrection ici ou de gens outrés par le traitement réservé aux animaux. C'est pas mal ça la vraie vie. Et à ceux qui seraient toujours tentés de s'indigner, je dis : trouvez-vous une vie ou venez faire du bénévolat avec moi à l'Accueil Bonneau pendant les Fêtes, ça replace les valeurs.)

J'ai demandé à Matt s'il voulait que je l'achève. Non, il a répondu. La flèche abîmerait la peau de l'animal. Matt m'explique qu'une belle fourrure grise et rousse de coyote d'automne, ça vaut entre 65 $ et 75 $. Ce revenu compte pour son ménage. Ils s'en servent. Mais cette fois, c'est pour offrir en cadeau à sa fille. C'est tout ce qu'elle a demandé au père Noël.

On a alors fait une centaine de mètres en montant dans la montagne. Quand il a eu du réseau, il a téléphoné (je le transpose ici mot à mot!).

— Cassie, est-ce que maman est là ? OK, passe-la-moi... Courtney, hey, peux-tu me rendre service ? On a pris un coyote dans le piège, près de Quinam Road. On n'a pas d'arme. Prends la .22 et viens le chercher S.T.P. Ké. Bye.

Alors, on a attendu Courtney. C'est là qu'on a jasé de leur président. Et du fait qu'il ne voterait plus pour lui maintenant. Que c'était un fou.

Courtney est arrivée en 4 × 4 John Deere. On s'est présentés. Matt m'avait dit qu'elle serait gênée. Parce qu'elle peint dans ses temps libres. Et qu'elle admire ce que je fais. *« She spends hours looking at your stuff online, mesmerized, and she loves your paintings in the guesthouse, she can sit forever. »*

Peut-être était-elle timide. Souvent, je confonds timidité avec efficacité. On s'est serré la main, elle a pris le temps d'enlever sa mitaine. Courtney fait cinq pieds deux. Cent livres. Elle a pris la .22, l'a armée, a marché vers le coyote affolé. Sans s'arrêter ni réfléchir, elle a dirigé le canon vers la tête et un petit bruit sec a suivi. L'animal s'est affaissé comme une roche. Elle l'a retiré du piège, puis l'a traîné jusqu'au 4 × 4 par une patte

arrière. Elle a déposé la carabine, et mis le coyote sur le dos. De la main droite, elle l'a empoigné par le cou, et de l'autre, la gauche, par le sexe de l'animal (c'était un gros mâle). Puis, elle a chuchoté, pour elle-même, en le soulevant :
— *Come here, Mr. President.*
Y a des jours où toutes mes inquiétudes sont calmées. J'ai souri toute la semaine.

PRÉDIRE L'AVENIR

31 décembre 2017

Me suis toujours demandé, avec un malaise, pourquoi on se souhaitait une bonne année. Doit-on absolument célébrer la fin d'un cycle, le début d'un autre, les deux ? Est-ce qu'il y aurait d'office un malheur si on omettait les souhaits une année de temps en temps et qu'on s'occupait du présent ?

Je sais que les vœux sont des projections. Parfois des intentions. Souvent de l'espoir. L'avenir est rassurant parce qu'il ne nous engage pas. C'est ailleurs. Loin de soi. C'est d'ailleurs la seule fois dans l'année où le présent est intensément vécu. Ça et lorsque les Canadiens mènent en fin de troisième période, où une seule seconde devient importante.

Je préfère célébrer les solstices. Celui de l'hiver surtout. Parce qu'à partir de là, le 21 décembre, on a fini de se faire voler la lumière du jour. Ça finit par rentrer dedans, la noirceur.

Je préfère aussi célébrer le 26 décembre, parce que les %$?%$#@@#% de lutins de Noël retournent dans une boîte, dans un garde-robe, pour le reste de l'année. Y a des soirs de décembre où je les aurais mis dans le *blender*. Même si ça fait partie de la magie. Maudite magie de Noël. Je dis ça pour faire semblant ; parce que je souris sincèrement quand j'entends John Lennon chanter *Happy Xmas (War Is Over)*. Même si je ne le crois pas. Ça fait quand même effet.

L'autre jour, en voiture, j'écoutais un disque qui s'intitule *Les Ténors du Québec chantent Noël*. Un disque de Noël avec Richard Verreau, Raoul Jobin et Roger Doucet. Des vieux de la vieille. Inconnus. En fait, feu Roger Doucet l'est surtout, connu, pour avoir chanté l'hymne national *Ô Canada* à l'ancien Forum pendant des années.

C'est franchement surprenant. Toutes les chansons de notre folklore de Noël, ou presque, parlent du petit Jésus. Tout de suite après les ténors, et parce qu'ils ont aussi bercé mon enfance, j'ai mis Bing Crosby et Elvis. Me semble que ça jure. Ils ne sont pas « raccord », même si les mélodies sont souvent les mêmes. Ils n'étaient pas aussi pieux que nous, les Américains, dans leurs chansons.

Les vœux

Revenons aux vœux. On se souhaite quoi ? Peut-on vraiment se souhaiter, sans cynisme, un meilleur monde ? De meilleurs sentiments ? Je mettrais un 10 sur les choses réalistes du genre : notre premier ministre canadien devra changer de chemise parce que Bill Morneau et Mélanie Joly ont laissé des traces que même l'eau de Javel pure et les recettes de grands-mères n'arriveront pas à faire partir. Sans compter l'enjeu électoral que le *pot* va devenir si ça vire pas rond tout de suite. Ou un autre 10 piasses sur la fin miraculeuse de l'austérité du gouvernement provincial, et un 20 sur la fin toute simple de ce gouvernement l'automne prochain. Magie de Noël encore.

Je me permets un vœu : que la Ville de Montréal offre les aiguisages de patins gratuits à ceux qui marchent sur les trottoirs pour se rendre jusqu'aux transports en commun. Ou une station de métro dans tous les sous-sols de toutes les résidences de la ville. On parlerait de Montréal partout dans l'Univers.

Y a le pape qui va s'occuper de dire les choses vraiment impossibles à réaliser. Il va appeler à la réconciliation, aux rapprochements, à la fin des guerres, en sachant fort bien que c'est bon pour l'économie et les médias, les conflits armés. Y a tous nos politiciens, à la télé, qui vont nous remplir de politesses creuses et obligées. Dans leur cas, faire semblant vaut mieux que rien dire. On les lyncherait s'ils s'abstenaient de nous répéter ce qu'il est convenu de dire un 31 décembre. Bien sûr, ils travaillent à bâtir un monde meilleur ; des défis nous attendent. On se souhaite tous une justice sociale, plus d'équité dans les genres, moins de pauvreté, une véritable réconciliation avec les Premières Nations. Une parité dans les pouvoirs. Un accès à la nourriture pour les tranches démunies, tandis que les écarts se creusent de plus en plus. Année après année.

Je rêve, les yeux ouverts, d'une politique sans calcul, une politique de courage, où une vision sociale ne serait pas qu'une prière. Ça prend du courage. Donnons ce courage à un homme ou à une femme avec des idées, des valeurs et des convictions.

Je persiste à croire que c'est dans les cuisines, les salons, les chambres à coucher et beaucoup dans les écoles qu'on peut véritablement espérer.

L'espace public, surtout depuis les réseaux sociaux, est devenu une arène. Comme dans le temps du petit Jésus. Personne à blâmer ici. Toutte est dans toutte !

Peut-être que de temps en temps, par contre, on pourrait se souhaiter moins de patentes faites ailleurs et se faire moins de promesses. Et croire aux faits. Un regard, de l'aide, un bonjour, des écoles décentes pour nos enfants, un peu plus de respect.

Y a personne qui peut prédire l'avenir. On peut certes l'espérer autrement. Sans fermer les yeux pour autant. On peut aussi se réjouir momentanément de certaines avancées, comme certaines politiques sur l'environnement, ou les dénonciations de l'automne. Ça demeure des fractions de seconde dans une année. À la moindre relâche de vigilance, la nature humaine re-violera ses droits.

Je déteste les Premiers de l'an. On dirait une assemblée partisane. Les résolutions du 2 janvier sont beaucoup plus justes et fiables.

Meilleurs souhaits à ceux qui ne font pas de vœux, mais qui font des différences à échelle humaine, discrètement, sans braver l'avenir. Un regard. Un câlin. Un baiser. Une parole. Un geste. Une pensée de plus que d'habitude.

C'EST PAS TOUS LES JOURS DIMANCHE

22 avril 2018

Un peu de chaleur cette fin de semaine. Et une histoire de train.

J'ai cru que le printemps passerait son chemin. Pas une grande inquiétude, mais un petit souci. Je sais, une hirondelle ne fait pas le printemps. Hirondelles qui semblent disparues de nos campagnes. On connaît les coupables.

J'ai taillé les arbres fruitiers la semaine dernière. Faut couper leurs envies de redevenir sauvages pour favoriser les fruits. C'est comme ça. Me restaient les groseilliers rouges, l'arbrisseau de cassis et les framboisiers. Voilà qui est fait. Faut couper les plants de framboises presque jusqu'au sol, pour avoir des fruits cet été. C'est bon, des framboises.

Suis allé faire un tour au Salon du livre de Québec dimanche dernier. Suis reparti en me disant que le serpent se mordait la queue. J'évite, le plus possible, ces rendez-vous. Une drôle d'impression. Étranges, ces longues files interminables de gens qui attendent pour une dédicace et un *selfie* avec une « veudette » de la télé. J'ai croisé, c'est là que c'est « malaisant », plusieurs grandes et grands auteurs (écrivains) avec personne à leurs stands. On sent l'orgueil et l'ego égratignés, mais ce qui perdure comme sentiment, c'est l'idée d'un mauvais *casting*. Peut-être la littérature n'a-t-elle plus sa place dans ces salons où la popularité semble l'emporter sur autre chose. Je suggère aux éditeurs de littérature d'avoir la grâce d'éviter ces moments à ceux qui écrivent, euh… disons des livres moins « pavés » !

La rencontre avec les lecteurs peut se faire ailleurs. Dans la lecture, par exemple.

Parlant de livres, je lis beaucoup ce qui s'écrit ici, chaque année. Rien de bouleversant, et rien pour écrire à sa mère (tenez le coup, les proverbes s'en viennent plus bas). Suis parfois un peu inquiet de notre littérature. Elle oscille dans les extrêmes : entre les universitaires (et quelques journalistes) qui s'incarnent comme les gardiens du temple, et cette autre littérature (inquiétante), populaire (oh ! le méchant mot), qui vend des livres à tour de bras. Notre littérature semble se calquer dangereusement sur la télévision.

DES PERLES

Peut-être ceci explique-t-il cela. Suis tombé sur un recueil de poésie plus tôt cet hiver (offert en cadeau) qui s'intitule *Les choses de l'amour à marde* (de Maude Veilleux). Publié en 2013. Jamais entendu parler. C'est très beau. Vrai. J'ai fait le tour du Salon pour tenter de le trouver. Pas là. Mais j'ai trouvé des centaines de livres de cuisine pleins d'émotions et des biographies sans saveur de gens connus.

Quand même beau de constater toute cette littérature jeunesse, riche et en santé. Mais l'hirondelle ne fait pas le printemps, on doit le rappeler.

On reste dans les livres. Il y a quelques semaines, on m'a demandé de faire un dessin pour illustrer la couverture du *Dictionnaire des proverbes, dictons et adages québécois*. Écrit et colligé, sur des décennies, par feu Pierre DesRuisseaux, poète, traducteur, anthologiste et spécialiste des traditions populaires. Ce livre est une perle. Les proverbes résument nos vies, généralement en moins de 140 caractères, et nous expliquent nos natures par des évidences et des métaphores. Beaucoup témoignent de notre passé rural.

Quelques exemples : « Tout amour qui passe l'eau se noie. » « Un amour trop passionné aboutit souvent à un fiasco. » Tiens. « Sauvez les apparences et vous sauvez tout. » L'apparence l'emporte souvent sur la substance.

« L'attelage ne fait pas le bon cheval. » Et encore : « Tu ne peux pas avoir le beurre, l'argent du beurre et le cul de la crémière. » Dans la réalité, on n'a qu'à regarder ou lire les infos pour constater que ça résume l'état politique actuel.

De la politique bioalimentaire

Plusieurs personnes m'ont interpellé au Salon du livre pour savoir ce que je pensais de la nouvelle politique bioalimentaire que le gouvernement a annoncée en grande pompe il y a deux semaines. Conférence de presse avec le premier ministre et trois ministres. C'est de la grande annonce, ça. Tiens, un autre proverbe : « Grande enseigne, petit magasin. »

Je veux féliciter le gouvernement, et le ministre de l'Agriculture, pour cette politique (rappelons ici que c'était le projet du précédent ministre). Sincèrement. Tout ce qu'on y énonce est louable, et nécessaire. Essentiel à l'industrie agroalimentaire qu'on souhaite. Ce sont des vraies félicitations que je fais aux sous-ministres qui ont guidé ce projet.

Mais c'est nettement insuffisant et en deçà de l'intelligence des gens qui ont des idées dans leurs champs, leurs fermes et leurs cuisines. On n'a fait qu'encadrer l'évidence. On a omis les enjeux majeurs de l'agriculture : l'occupation du territoire, l'assouplissement de certaines règles sur les quotas, la pluralité syndicale, l'étiquetage intelligent des produits qui utilisent pesticides et herbicides. On se vante de vouloir doubler la superficie de production en agriculture biologique. On veut passer de 2 % à 4 %.

Voici les proverbes.

« Ce n'est pas en labourant avec des chèvres qu'on fait avancer le travail. » « Qui n'entend qu'une cloche n'entend qu'un son » (remplacez cloche et son par le vilain de votre choix). « Grandes maisons se font par petites cuisines. » « Plus on grimpe haut, plus on nous voit le cul. » « Les défauts sont épais quand l'amour est mince. » « Le débit fait le profit. » « Dix seaux d'eau tiède ne font pas un chaudron d'eau chaude » (ce dernier s'applique beaucoup à cette politique bioalimentaire). « On ne se torche pas avec des épelures d'oignons » (quand on croit faire quelque chose d'important). « Grand feu de paille n'a rien qui vaille. » « Le foin vaut pas le battage. » « C'est pas parce qu'un renard porte des plumes qu'on va le prendre pour une poule. » « On liche toujours son veau » (on loue ses intérêts et ceux de ses proches, il y a dans ce dernier proverbe beaucoup à comprendre…).

Ensuite, ils ont mis la main sur les écoles, ils ont commencé à raconter des peurs et des mensonges aux enfants, de génération en génération, au nom de la sainte et unique religion catholique, au nom de la loi du profit, au plus fort la poche (ça vient du théâtre de Marcel Dubé, monologue d'Olivier). Au plus fort la poche.

Je tente un proverbe : « Une année sur quatre on se fend en quatre. »

La fourchette tue plus de monde que l'épée. Peut-être que le système de santé irait mieux si on se rendait compte que l'alimentation et l'agriculture y sont pour beaucoup. « Sauve la graisse, les cretons brûlent. »

INSUFFISANTE

Je rappelle, et répète, que cette politique bioalimentaire est belle. Mais insuffisante. Faudrait maintenant du courage pour remettre en question l'agriculture dans son fond, et donner aux idées l'espace de se faire. Pourquoi pas une politique agricole? Arrimer la politique alimentaire directement à cette dernière.

L'occupation du territoire est, à mon avis, une pierre angulaire de cet avenir. On doit cesser d'entretenir l'illusion qu'on est maîtres chez soi quand TOUTES les semences, TOUS les engrais, les herbicides et les pesticides de l'agriculture conventionnelle proviennent d'une poignée d'entreprises étrangères basées en Suisse.

Bravo, mais disons, pour faire simple, que cette politique bioalimentaire, c'est un peu comme passer de 2 % à 4 %. Rien d'autre comme amélioration. Ce n'est pas assez. Pourquoi ne pas financer directement les petits producteurs maraîchers pour l'achat de serres chauffées? Ça prolongerait leur saison de cinq semaines. On pourrait aussi tenter de stabiliser le problème saisonnier de régulation de production des petites fermes d'élevage.

J'écris ces mots en mangeant des carottes semées en terre, le 6 janvier dernier. Récoltées ce matin d'avril 2018. Au Québec.

Il se passe de belles choses en agriculture en ce moment. Et c'est justement quand ça va bien qu'il faut redoubler de vision. Et forcer.

Le chemin doit se poursuivre.

On n'arrête pas le train pour une poignée de framboises.

LE FRÈRE WILFRID

3 juin 2018

C'est fou comme les sens, nos sens physiques, nous lient au temps. Y a un de mes enfants qui a cogné des balles de baseball cette semaine. Ce son me rappelle des étés d'enfance. Voyage dans le temps pour moi. Lui, il jouait dehors, le temps de se remettre de ses devoirs de mathématiques sur les notions d'aire et de périmètre. Toute la famille, frère et sœurs, s'est relayée pour l'aider.

Au fil de ces heures, il y avait les lilas. Ça sentait partout. Même en ville. Mais rien ne peut surpasser l'odeur des fleurs de pommiers. Ça dure à peu près une semaine, un verger en fleurs. C'est magnifique. Une odeur douce et tranquille. Un parfum qui entre creux en soi. Plein de finesse.

Parlant d'odeurs et de sens : une semaine de scie mécanique aussi. Ça sent le gaz et l'huile. J'ai eu mal partout, sauf à un endroit de mon corps !

Bois de chauffage. L'été se pointe à peine, il y a des petites tomates sur les plants. Ne pas se laisser distraire : faut déjà penser à l'hiver. C'est comme ça.

J'ai planté des fleurs aussi. Plein de fleurs autour de la maison : capucines, tournesols, camomille… Il n'y a jamais assez de fleurs.

Ailleurs, plus au nord et dans une autre vie, avec des centaines d'hectares de champs et des tracteurs, j'ai fait planter plusieurs dizaines d'acres de tournesols et de lavande. Juste parce que c'est beau.

Toute cette beauté rendue possible grâce, entre autres, au premier ministre canadien qui vient d'acheter un pipeline. Ça prend du *fuel* pour les tracteurs, pour travailler les champs. Pour la beauté, on s'entend.

J'adore conjurer le sort. Inverser les pôles; n'utiliser la machinerie agricole que pour embellir. Je suis désolé pour l'écologie. J'ai fait le calcul: 70 litres de *fuel* (une centaine de dollars) pour avoir d'immenses champs de fleurs. Oui, madame, les belles choses sont gratuites, mais parfois, ça coûte 100 piasses! On verra mes champs de fleurs depuis la lune et l'espace. Et comme c'est tout à côté de Charlevoix, la grande « visite » qui arrive dans les prochains jours va se dire que c'est vraiment beau, chez nous. Toute cette beauté, je le rappelle, grâce au *fuel*. La ligne du système est mince. La ligne du gros bon sens, on s'entend.

Le pipeline, donc.

Le seul argument disponible serait économique. Ben coudonc. Faudrait un jour qu'on nous dise la direction qu'on prend. Je sais, tout le monde sait, la piété qu'on souhaite. La réalité est ailleurs. C'est comme pour tout.

En passant, j'ai fait pousser des poussins cette semaine. Dans un incubateur. Depuis plus de 15 ans, j'élève des poules (et quelques coqs, soyons paritaires) de race Chantecler. La race Chantecler est une race de poules rustiques qui résistent à nos hivers. Élaborée de 1908 à 1919 à l'abbaye d'Oka, elle a pour principale caractéristique la quasi-absence de crête (le truc rouge Canada) sur sa tête. Si, pour certaines races, cet « apparat » est essentiel à la beauté de l'oiseau, ici, sous notre climat, la crête traditionnelle des poules importées gèle l'hiver, et parce qu'elle est connectée à la tête, ces races meurent « drette deboutte » le cerveau gelé. Le froid est conduit par la crête. Donc, un frère trappiste a eu la bonne idée de jouer un peu avec la génétique, et il a « fait » une poule qui, comme la majorité d'entre nous, peut survivre dans son environnement. Mais avec un peu moins de « panache » que d'autres races.

Comme quoi, parfois, la vanité n'est pas toujours bonne. Surtout quand elle tue.

Mais le bon Dieu, généreux comme pas un de sa bonté divine, a donné aux Chantecler des qualités lyriques impressionnantes : elles « chantent clair ».

Tout est si juste. Parfois, même si ses voies sont impénétrables, la Nature remplace certains attributs par d'autres.

C'est à partir d'ici que vous pouvez tenter par vous-mêmes des métaphores d'images, de crêtes et de cerveaux, avec un premier ministre, un ex-maire, une ministre.

Toujours est-il, long détour, que j'ai eu plusieurs poussins cette semaine. La couvaison des poules est de 21 jours, à 99,7 degrés Fahrenheit. Le 21e jour : miracle. Les oisillons cassent leur coquille et se mettent à piailler. Tout ça se fait à peu près sans aide. Sauf pour les derniers. Le 22e jour, y a toujours quelques retardataires. Ils crient dans leur coquille, à peine percée, et sont incapables de sortir.

Je sais que dans la nature, ô cruelle !, ces petites bêtes ne survivent pas. Mais je ne me résigne jamais à les laisser mourir.

Alors sur plusieurs heures, une autre journée, j'écaille moi-même doucement l'œuf, à petite dose. Je sauve un poussin sur deux. Je suis toujours confronté, déchiré, entre l'empathie et la Nature. C'est comme les idées. Je travaille très fort pour oublier mes valeurs et accepter le désordre de la pensée. L'histoire du pipeline m'aide beaucoup cette semaine à ne pas comprendre les promesses, et m'apprend à mentir en souriant. Au nom, je le rappelle, de l'économie et de son puissant chantage émotif. J'ai aussi compris que trop souvent, les instructions (la pression économique) l'emportent sur la volonté.

Ça me dérègle solide.

Il y a d'ailleurs une loi de la physique qui dit que le degré de désordre d'un système va toujours en augmentant. Pourquoi tenter de comprendre ?

* * *

— Pis, comment ça va, l'aire et le périmètre ? j'ai demandé à mon plus jeune.

— Correct.

— Assis-toi, j'ai dit, je vais t'expliquer : l'aire, c'est ce qu'on respire et qu'on pollue.

— Papa, arrête de niaiser.

— T'as raison, l'aire, c'est la surface du sol qui sera affectée par le pipeline si jamais y a un déversement. (Il a souri.) Ou la surface d'un champ de fleurs.

— Pis le périmètre ?

— Le périmètre, c'est un mur invisible de 600 millions de dollars dans Charlevoix, qui sépare les gens entre eux. Ce qui est beau cette semaine, c'est qu'on va le voir un petit peu. Le reste de l'année, il est vraiment invisible. C'est pour ça qu'il coûte 600 millions.

— 600 millions ?

— Oui. Mais c'est OK, papa va faire encore plus de champs de fleurs l'année prochaine.

* * *

En aidant les poussins à craquer leurs coquilles, il y a quelques jours, me suis surpris à rêver que le frère Wilfrid d'Oka était revenu, et qu'il travaillait à faire des individus mieux adaptés à leur environnement.

HISTOIRE DE POTAGER

19 août 2018

Le potager déborde. Une belle année. Plantureuse. Est-ce qu'on peut encore dire plantureuse sans se faire lyncher? Est-ce qu'on peut encore utiliser le verbe lyncher?

Le potager donc. Tenez bon jusqu'à la fin, parce qu'avec l'abondance de tomates et de concombres, cette chronique offrira aussi deux recettes extraordinaires.

Tous ces légumes, c'est aussi le résultat du travail en amont: des dizaines d'heures, agenouillé, à désherber. Mai, juin, juillet. Désherber, c'est enlever la mauvaise herbe et les nuisibles, ceux qui prennent le jus des autres. Ceux qui volent l'espace. Ceux qui empêchent. Vous me voyez venir?

Tout était planté début mai. Tous les mois qui suivent sont remplis d'espoirs et de travail. C'est long à mort désherber. Moi, ça fait du bien à ma tête. Et j'ai un vrai plaisir à arracher la mauvaise herbe.

Y a jamais une année parfaite. Tous les gens qui travaillent la terre vous le diront. Ça n'arrive jamais, une abondance parfaite. Surtout dans la diversité. L'année dernière, à cause des pluies torrentielles et abondantes, une seule tomate a réussi à mûrir. Mais les oignons en ont profité. Les pois et les fèves aussi. Cette année, tous les plants de tomates ploient sous les fruits. Jamais vu autant. Les concombres aussi. Les crucifères (chou, chou-fleur, brocoli, radis, chou de Bruxelles), eux, ont de la misère. Mais les allées et les planches sont exemptes de nuisibles. Nettoyées.

La mauvaise herbe doit être contrôlée. Et plus tôt que tard. Parce que vient un temps (le mois d'août) où ça ralentit. Vous me voyez venir.

J'ai suivi, un peu à distance, le feuilleton de la liberté d'expression cet été. Surtout celui de la liberté de création. J'ai été étonné de la force avec laquelle on l'a défendue. Heureusement, on s'entend. Ça fait plaisir à lire, et à savoir que c'est bien gardé.

Je rappelle ici que les artistes, en grande majorité, sont habitués à se faire dire non. À ramer à contre-courant toute leur vie. Et à faire des demandes éternelles de subventions, avec toutes les politesses d'usage; parfois, souvent hypocrites un peu, parce qu'on sait ce que la rectitude administrative demande. On met de belles intentions, de beaux mots, des promesses.

Là, ce qui étonne le plus, c'est la peur qui va venir avec la suite. Les organismes subventionnaires ont tellement la chienne qu'ils vont policer leurs critères jusqu'au risque zéro.

On l'a vu avec l'agriculture et son ministère : tolérance zéro pour le risque sanitaire. Et ça banalise le goût, et ça écrase la fierté des gens qui ont des idées. Les artistes doivent prendre des risques et forcer l'ordre. C'est leur nature. On ne doit pas en faire des singes de cirque.

J'ai beaucoup plus peur des politiques officielles que des gens qui chialent. Les gens qui chialent et crient à l'injustice et à l'appropriation, c'est comme la mauvaise herbe; faut arracher ça tout de suite. On doit résister. Ne pas céder. Et continuer de nommer les choses et faire l'art sans les compromis de la peur. Faudra que le ressac soit aussi politiquement incorrect. Et fort.

Suis convaincu qu'on va se trouver ridicules, dans pas long, d'avoir voulu laver plus blanc que blanc.

C'est un pendule. Entre le risque et la peur. Les deux forment notre identité.

Sans balancer et foutre l'histoire en l'air, il est dangereux de faire du protectionnisme d'idées et de valeurs. L'histoire n'est pas cloisonnée qu'aux victimes. Quand je regarde des vieux westerns avec des cowboys et des Indiens, je suis en mesure (même mes jeunes enfants) de comprendre le ridicule de la situation. C'est aussi comme ça qu'on avance ; par une prise de conscience naturelle. Quand on la force, comme dans les cas de cet été, on nourrit un ressentiment dont il sera difficile de se départir. Je ne vous dis pas tout ce que les gens pensent tout bas... Et c'est malsain.

L'an dernier, on a eu, une artiste inuite et moi, à se battre pour faire avaliser un projet par une grande institution. L'organisme a une politique rigide. Des ordres venus du plus haut. Parce qu'on veut bien paraître, et réparer. Motivé par une culpabilité, certainement justifiée et justifiable, on marche sur des œufs. Parfois des œufs pourris aussi. On a finalement eu le OK de l'institution quand mon amie s'est fâchée et a dit : « Vous allez priver une Inuite de faire un projet parce qu'il y a un Blanc dans le projet avec qui je veux travailler ? »

Hé... hé... J'ai souri très fort.

Je vais tenter, sans gants blancs, de dire ce qui est malheureusement aussi en train de se passer. Il y a en ce moment une loterie morale. On met beaucoup d'efforts et d'espoirs, pour se dédouaner de l'histoire, à souhaiter plus que tout au monde qu'un artiste des Premières Nations (ou issu d'une minorité) réussisse à l'international. On sera si fier à Ottawa et à Québec, de claironner que notre système marche. On se sentira affranchi de cette culpabilité. Et hop ! on sortira les flûtes, les petits fours et les tam-tams, en se félicitant. Ce serait une erreur ; parce qu'on se contentera de ce gagnant, on en fera un drapeau qui jettera de l'ombre sur les autres.

L'effort doit venir d'ailleurs. On doit comprendre que les créateurs et l'art n'ont pas vraiment d'origines. On vit dorénavant dans le même monde.

Faudra-t-il interdire aux Indiens et aux Esquimaux (je fais exprès ici...) de parler des Blancs dans leurs œuvres ?

Parce qu'on y perd tous, quand on laisse les pissous gouverner. On ne le sait que trop bien ici.

Bon, je retourne au potager. Voici les recettes promises en amont : tomates mûres, tranches de pain, un *toaster*, de la mayo, sel et poivre. Ça goûte le ciel (dirait sœur Angèle). Ça s'appelle sandwich aux tomates. Comme dans l'expression « une sandwich », même si c'est masculin.

Et celle-ci, je vous jure, absolument extraordinaire (sans cynisme) : des concombres découpés, du sel, du poivre et de la crème, 10 %, 15 % ou 35 % (selon votre tolérance au risque). Juste quelques cuillères de crème pour teinter les tranches de concombres. Pas besoin d'intellectualiser ce bonheur.

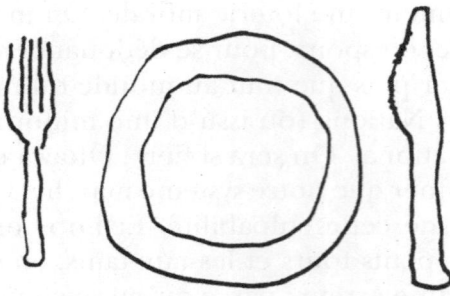

LES PATATES ET LE SPA

26 août 2018

Dans la petite enfance, ma grand-mère me donnait une cenne pour chaque bibitte à patates que je pinçais sur ses plants. « Pincer », ça voulait dire écraser les doryphores. C'est le vrai nom de l'insecte qui pond ses larves sur l'envers des feuilles des plants de pommes de terre. J'ai toujours aimé me baigner et je croyais qu'en ramassant des sous ainsi, je pourrais un jour m'acheter une piscine.

Pas eu de doryphores cette année, chez moi, dans le potager. Une année chanceuse. Un ami à Mirabel s'est battu avec eux tout l'été. Pas de feuilles, pas de patates. C'est simple.

Cette semaine, avec mes enfants, à cinq on est une armée, on a ramassé 220 livres de patates. Sur une surface à peine plus grande que deux ou trois spas de banlieue.

Parlant de spas et de banlieues, on a parlé d'étalement urbain dans l'actualité cette semaine. On a vu l'Union des producteurs agricoles (UPA) s'alarmer dans les médias, avec raison, de ce fait. La ville est pleine. On le voit, c'est verticalement (tours de condos) qu'elle se remplit depuis une dizaine d'années. La banlieue, elle, rampe autour du centre, et s'étale. Au détriment des terres agricoles. Ces terres qui nous nourrissent et qui doivent être protégées du « progrès ».

Je n'ai aucune gêne à critiquer l'UPA et son immense pouvoir comme monopole quand des aberrations deviennent des évidences à dénoncer. Mais je sais aussi que cette fois, dans le cas de l'étalement urbain, sa voix porte et on est en droit de s'alarmer. Le territoire agricole québécois rétrécit. Le poids des ruraux baisse. Comment peut-on envisager de se nourrir, chez soi, de faire vivre des familles et des villages, si on perd chaque année des milliers d'acres de terres cultivables?

C'est à la Commission de protection du territoire agricole québécois (CPTAQ) d'agir. Cette commission doit redéfinir l'occupation du territoire. Interdire l'étalement? Peut-être. Mais surtout mettre en place des mesures incitatives, d'autres passives. Par exemple : obliger les municipalités à développer trois, quatre ou dix fois les surfaces perdues au profit de l'étalement. Même si c'est dans une autre ville. Même si c'est ailleurs. Même si c'est difficile.

Plus précisément, si on construit un quartier de 200 maisons sur une terre agricole de 100 acres, je suggère que la CPTAQ oblige la municipalité à compenser cette perte de surface en récupérant une terre en friche, ou en transformant une terre abandonnée pour nourrir ces 200 nouvelles familles, en légumes et en patates, par exemple!

Pour ceux qui l'ignorent, en ce moment, à peine le tiers (33 %) de la nourriture que l'on consomme est produit ici. Le reste est importé. C'est pathétique.

Ce taux a déjà été au-delà de 70 %. On fait vivre des gens ailleurs, des pétrolières et des grandes filières loin de nos besoins et de notre identité.

Autre idée : dans cette perte de surface cultivable, la CPTAQ pourrait morceler une terre de 100 acres en petits lots et ainsi permettre à de jeunes familles, et à des projets sociaux structurants et à une nouvelle agriculture, d'exister. Parce qu'un des grands problèmes avec l'agriculture, c'est de croire qu'elle doit se faire uniquement sur de grandes terres de plusieurs centaines d'acres, et avec des tracteurs. Ce qui a eu pour effet de vider les campagnes, au profit de la ville. On revient à notre problème : quand un fermier qui grossit achète tous ses voisins sur le rang, il n'y a plus de familles, moins d'enfants, on ferme l'école, on jumelle des villages, on ferme la maison des jeunes, moins de services sociaux, la caisse pop s'en va...

Et la ville s'étale.

On doit réfléchir à notre territoire et à la manière de l'occuper.

Tiens, dans d'autres actualités cette semaine : paraît que la campagne électorale est commencée. Espérons que tous les partis politiques, qui veulent notre bien, parlent un peu de territoire. Une belle idée par ailleurs, venue du Parti québécois : des repas sains à l'école, à faible coût, pour tous les enfants, et régler le «fardeau des lunchs». Vous savez quoi? On pourrait tout produire ici. Même en hiver. Sans grand effort. Avec fierté aussi.

***

C'est la saison des moissons qui bat son plein. De grâce, sortez de chez vous. Allez dans les marchés publics, chez les producteurs, les artisans, et achetez ce qui vient d'ici.

Pas besoin de patates qui viennent d'ailleurs cette année. J'ai tout ce qu'il faut. Sur une surface à peine plus grande que deux ou trois baignoires à remous.

LA CONTRAVENTION

18 novembre 2018

Un matin cette semaine, c'était blanc et il faisait moins onze. Mi-novembre. Il est où, le réchauffement climatique quand on a besoin de lui?

Évidemment, je souris. Comme toutes les fois où j'ai lu et entendu des commentaires cette semaine sur la volonté du Pacte proposé la semaine dernière. C'est franchement divertissant et ça nous explique un peu-beaucoup-trop.

Va falloir se rendre à l'évidence qu'on est cons! Pas tant sur la nécessité de faire des gestes, concrets ou pas, pour contrer les effets du réchauffement climatique et de la détresse écologique qu'on nous raconte en direct, mais dans sa forme.

Me suis surpris à imaginer d'autres façons de faire pour avancer. Par exemple, si le Pacte avait été proposé par le Cercle des fermières du Québec? Assurément plus nombreuses que les 400 autres premiers signataires. Ou par l'Association des gens qui regardent des téléromans les soirs de semaine? Ou par le syndicat d'une meute de trolls? Par Céline? Ou par les propriétaires de voitures jaunes du Village gai? En serait-on encore à étirer et diluer l'intention?

L'autre jour, histoire vraie, j'ai eu une contravention pour excès de vitesse (prière de ne pas me lyncher sur la place publique…). Toujours est-il qu'on était une filée de voitures qui roulions à la même vitesse, sous un viaduc, rue Masson, à Montréal. Un endroit qu'on appelle aussi affectueusement une trappe à tickets.

Ce n'est pas pour me disculper, mais on était vraiment tous à la même vitesse.

La policière, immobilisée plus loin dans son véhicule, allume ses gyrophares, me fait signe de me ranger sur l'accotement.

— Vous savez pourquoi je vous arrête ?

— Oui, euh non, oui, m'en doute un peu... mais tout le monde roulait trop vite, pourquoi moi ?

— Faut bin que je commence quelque part.

Elle a raison.

J'ai signé le Pacte il y a deux semaines. En étant conscient des efforts déjà consentis, malgré les failles que j'ai et les fautes écologiques que je commets. En voulant néanmoins faire un effort. Parce que parfois, y a des gestes qui suivent les promesses. Et rassuré aussi par le fait que jusqu'à preuve du contraire, les camions d'Hydro-Québec roulent toujours au gaz !

Peut-être aurait-il été plus efficace que cette proposition vienne du Cercle des conjointes des joueurs du Canadien de Montréal pour faire l'unanimité ?

Ou de l'Association des curés de la province ? Sais pas. Le tollé, les reproches et les protestations surlignent un profond malaise d'orgueil sur notre identité, et cette capacité d'avancer.

On manque de catastrophes. Je sais que dans la tragédie, on est capables de s'unir et de se donner la main. Dans le confort, c'est autre chose ; on veut débattre.

Débattre de quoi au juste ? Pourquoi ne pas former des comités consultatifs tant qu'à y être, ou tenir des consultations publiques, une commission d'enquête, ou deux ou trois. On pourrait aussi mandater une firme privée et une publique qui analyseraient l'état des choses, qui produiraient des rapports contradictoires (dans quatre ans), dont tout le monde se crisserait.

Le malaise vient du manque de vision. Ç'aurait été la *job* du gouvernement de fixer des cibles réalisables. Pas d'une gang d'artistes. Ça semble être une question morale ; on ne veut pas que ça vienne des privilégiés. C'est un canal qu'on n'accepte pas au Québec. Comme si les belles idées se devaient d'être soumises, humbles et pieuses.

Il nous manque cruellement un homme ou une femme qu'on pourrait suivre sur ce chemin-là. Parce qu'on sait que les artistes n'ont pas, et n'auront jamais (heureusement), le pouvoir de gouverner. C'est beaucoup ça qu'on leur reproche. Pourtant les sacrifices (historiquement, on connaît) sont nécessaires.

Dans les faits, sur les 30 dernières années, ma région a «gagné» 20 jours supplémentaires de cycle végétatif. C'est super pour le potager et le maraîchage, mais ça veut aussi dire qu'à ce rythme, d'ici une centaine d'années, les érables à sucre cesseront de produire. Ce n'est qu'un exemple. Et vous savez quoi ? Je n'y serai plus.

On est cons, donc. J'ai signé le Pacte avec le doute qu'il était déjà trop tard. Peut-être ne mérite-t-on pas mieux que de débattre pendant que la maison brûle ? Peut-être que ça prend un fou pour crier qu'il a peur ?

Cent quatre-vingt mille signatures depuis dix jours. Calvaire ! C'est la population de Sherbrooke et celle de Saint-Lambert (hé… hé…) réunies. C'est à peine 2 % du Québec. Pas fort comme effort. On ne se rendra pas.

On sait malheureusement, socialement, que les mesures passives fonctionnent mieux que la liberté de l'action citoyenne : loi sur l'interdiction de fumer, loi sur le retrait des boissons gazeuses sucrées dans certaines villes américaines (et ça améliore la santé), contraventions aux infractions au Code de la route, une loi sur la malbouffe interdite à proximité des écoles…

C'est peut-être de ça qu'on a besoin ? Ce serait peut-être mieux si le gouvernement usait de menaces ? C'est ce qu'on souhaite ?

À travers ce chiard, depuis la semaine dernière, tout le monde s'entend tout de même pour vanter les vertus du Pacte. Suis mélangé un peu. Pourquoi donc toutes ces voix ? Il vient d'où, le vrai malaise ?

Peut-être que ce qu'on n'a pas aimé dans ce projet, c'était l'idée de volonté. C'est une qualité humaine pas pire pantoute, le volontarisme. Mais on n'aime pas, au Québec, que les idées ne viennent pas des penseurs payés (souvent par les médias), ou de l'instance gouvernante. On s'aime égal ici. Sans trop de différence entre nous. Et pourtant.

On a aussi souvent échoué dans les tentatives d'autodétermination.

La semaine dernière, c'est venu des artistes au lieu de venir de la police ou de la législation.

On a confondu le système.

L'orgueil encore. Confondu avec l'idée de l'autorité. On n'aime pas ça, se faire dire comment agir, surtout lorsqu'il y a de la culpabilité dans l'équation.

Tout le monde fait un effort. On le sait. Mais on n'en fait encore tous pas assez. On le sait aussi. Ça dérange. Le pacte des artistes (dont je fais partie) a probablement joué sur la culpabilité individuelle, plus sensible que la culpabilité collective, qui, elle, cautionne ses largesses sur les calculs du commerce et de « l'évolution ».

Mon avis : ce n'était pas aux artistes à s'engager ainsi. Mais à défaut de mieux, on va devoir heureusement s'en contenter jusqu'à l'effondrement du système. Faut ben commencer quelque part.

LE LAPIN DE NOËL

2 décembre 2018

C'était magnifique la neige cette semaine. Il en est tombé pas mal chez moi. Les arbres avaient l'air d'avoir été décorés avec du coton.

Parlant de coton, on est allés tendre les collets à *cottontails*. Ce sont des petits lapins blancs sauvages. L'hiver, contrairement aux lièvres, qui deviennent blancs, les lapins à queue blanche restent bruns. Bien nommés ; il n'y a que leur queue qui reste blanche. Parfois, la langue française dit bien les choses.

C'est délicieux, du lapin sauvage. Dans le sens de bon dans la bouche. Et c'est important que les enfants comprennent d'où vient la nourriture.

Ce qui suit est un peu triste, avis aux âmes sensibles : rien à voir avec les petites bêtes à fourrure ; c'est l'histoire d'un dernier de famille, protégé par ses grandes sœurs, qui croyait encore au père Noël. Un soir il a pleuré longtemps dans son lit, sonné raide, parce qu'il venait d'apprendre que le bonhomme n'existait pas. Une de ses sœurs m'a raconté que les autres enfants lui disaient la vérité, et qu'il s'obstinait à défendre sa croyance.

Il venait d'écrire sa lettre au père Noël.

— Les cadeaux ?

— C'est papa et maman, qui les cachaient au sous-sol. Viens, je vais te montrer.

— Les biscuits et le verre de lait ?

— Devine…

Cette semaine, j'ai dû aller dans une boutique de téléphones pour régler une mise en service. La fille au comptoir, qui aurait souhaité que je parle davantage et sois plus souriant – c'est troublant le silence, semble-t-il –, a finalement posé une question indécente, avec un sourire et des intentions aussi pures que l'économie du monde libre et heureux (avec beaucoup trop d'intentions enjouées) :

— Est-ce que vos cadeaux de Noël sont achetés ?
— Non.
— Attendez pas trop longtemps, Noël approche, il y a une boutique de jouets juste à côté et...

Silence.

J'ai respiré. Et j'ai dit : tabarnak.

Je venais de dire aux enfants, la veille, que cette année il n'y aurait pas de cadeaux, mis à part quelques livres. Livres qui auraient, semble-t-il, échappé au jugement et à l'index du Pacte (grand sourire ici...).

Le petit dernier vient d'apprendre que le père Noël n'existe pas, et une adulte me demande si mes cadeaux sont achetés, comme si c'était un commandement sacré ou une obligation. Sais pas comment l'expliquer. Est-ce nécessaire ?

Toujours est-il qu'il faut marcher en forêt et trouver les pistes des lapins. On voit les traces sur la neige. Quand c'est tapé, ça veut dire que le lapin passe là tous les jours. Alors on fait un nœud coulant avec un fil de laiton, qu'on accroche à une branche plus haute. Le lendemain, normalement, c'est fait. Le mot magique ici, c'est : prévisible.

Parenthèse.

Les lapins adorent la laitue. Ils peuvent lessiver un potager en quelques heures. Ce qui importe ici, c'est le mot laitue. Parce qu'avec toutes les mises en garde sur la contamination par *E. coli* cette semaine, ce qui m'a le plus troublé, c'est d'apprendre que la laitue romaine qu'on consomme ici est produite à l'autre bout du continent, en Arizona et en Californie. C'est indécent.

Pourquoi ce n'est pas produit moins loin de chez nous, comme en Ontario ? Je tente une réponse : peut-être que c'est parce qu'on ne peut plus y manger de la salade avec une vinaigrette française ? (Je souris encore ici.)

Bravo à Amanda Simard, la femme qui tient au français, de se tenir debout. Ça prend des ovaires pour combattre l'indécence. Et comme on dit dans la langue de monsieur Ford : *Go girl!*

Pour ceux qui l'ignorent, l'Ontario, c'est aussi la province que Justin Trudeau a protégée, dans le nouvel accord de libre-échange, en sacrifiant les producteurs laitiers du Québec. Je me souviens.

On revient aux vraies patentes.

Le lendemain, il me demande :

— Papa, je sais que t'en achetais quelques-uns, des cadeaux, mais il y en avait qui venaient des lutins et du père Noël, non ?

— Non, mon petit homme.

C'était comme un coup de poing. Chaque fois. Et tout y a passé : le lapin et la poule de Pâques, les lutins, la fée des dents. Même les dragons. Parce que depuis qu'il est tout petit, j'explique les cicatrices sur mon corps par des combats contre les dragons, dans la forêt. Me suis dit qu'il fallait se garder quelques illusions, autrement, c'est trop difficile.

— Et les dragons ?

— Non, ça, c'est vrai.

LA VEILLE DU JOUR DE L'AN

30 décembre 2018

La semaine dernière, à l'atelier, j'ai commencé à travailler sur un immense tableau sur la chasse-galerie. Immense comme monter et descendre dans une échelle plusieurs fois par jour.

Pour ceux qui l'ignorent, la chasse-galerie est une légende ayant sa source en France, dans le Poitou, mais dont la version qui parle de nous, et qui nous touche depuis toujours, vient de la fin du XIXe. La première version officielle est de Marie-Caroline Watson-Hamlin, en 1881. Puis d'Honoré Beaugrand, en 1891. Pour ceux qui l'ignorent, Honoré Beaugrand était un journaliste, écrivain, maire de Montréal et un homme radical libre. Plus tard, il est aussi devenu une station de métro (hé… hé…).

Dans sa version la plus près de nous, cette légende, probablement aussi inspirée d'un mythe amérindien (comment expliquer autrement l'idée d'un canot qui vole?), met en scène les hommes d'un chantier de bois qui pactisent avec le diable pour pouvoir aller fêter avec leur famille, loin d'eux, la veille du jour de l'An.

Dans une version mise à jour, ils auraient pu prendre un avion ou un hélicoptère, mais ç'aurait mal paru à cause du Pacte. On a les légendes qu'on mérite.

Toujours est-il que dans le *deal* qu'ils font avec le diable pour voler dans la nuit jusqu'à leurs femmes, les hommes doivent respecter certaines règles comme : ne pas frapper de croix d'église en vol, rester sobres, être de retour au chantier avant la fin de la nuit, et ne pas être vulgaires (ne pas sacrer...). Tout ça fait maintenant partie de l'obsolescence, on le sait. Mais ça fait quand même un peu de bien de se rappeler qu'on a une morale !

On saute tout de suite à la fin pour sauver du temps. Les fins, plutôt, parce qu'il y en a plusieurs. Dans certaines, ils sont en retard, dans d'autres, ils ont un accrochage avec une église, dans d'autres, ils boivent et disent des mots à châtier, et dans certaines, ils s'en sortent. On aime toutes les fins. On peut choisir celle qu'on préfère. J'aime beaucoup celles où les hommes perdent leurs âmes...

Parfois, quand j'ai trop de temps, j'ai des interrogations. Je regardais les petites études (dessins) préparatoires et je cherchais les prescriptions d'aujourd'hui. Je m'explique : me suis demandé, genre, si on s'inventait une légende du jour de l'An actuelle et contemporaine, de quoi seraient faits nos interdits. Qu'est-ce qui, moralement, fait encore autorité ? Il est où le diable ?

Je veux revenir sur l'ancien temps parce qu'on en a beaucoup parlé, ces dernières semaines, comme si c'était mieux avant. Qu'on avait plus de temps ; les gens vivaient moins vite ; les relations humaines auraient été plus belles... Grosse *bullshit*. Le bonheur n'était pas plus facile quand le monde vivait en noir et blanc. L'idéalisme est dangereux ; il dessouche le passé. Et les traces sont si précieuses.

J'adore les légendes parce qu'elles nous nomment par les racines.

Dans une autre vie, quand j'étais étudiant, je peinturais les toits et les clochers d'églises à travers la province. Équipés comme des alpinistes, on montait et réparait les structures endommagées par l'usure et le temps, et on les *shootait*. Quand j'étais en haut, au pied des croix des flèches, je me disais qu'il serait facile de naviguer, à vue, d'un clocher à un autre. Comme cette idée qu'on se faisait de l'ancien temps, quand d'autres décidaient pour nous.

Pas de grands vœux à faire ici, sinon de ne pas trop boire, manger ses portions de fruits et légumes, davantage de fibres (!!!) et regarder les autres dans les yeux un peu plus souvent, en sortant de soi quelques secondes de plus dans une année. Et aussi des repères. On en a besoin.

Vous souhaite un canot qui vole.

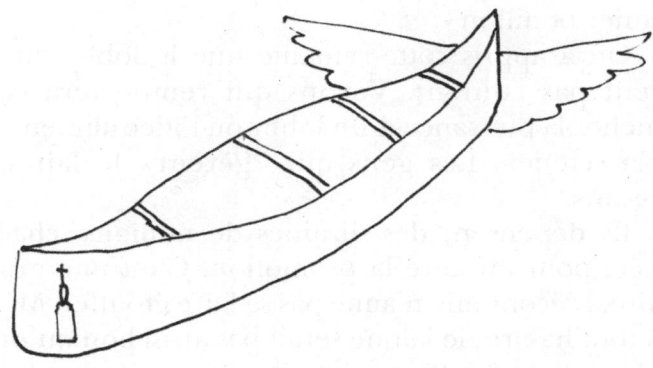

SOUPE AU LAIT

13 janvier 2019

Dans un cul-de-poule, on fouette quatre œufs et une demi-tasse de farine (à peu près 100 g), plus une pincée de sel. Dans une casserole, sur le feu, on porte un litre de lait à ébullition.

Au premier bouillon, faut éteindre, ou du moins baisser le feu, parce que le lait, ça a la mèche courte et ça tourne. On incorpore alors doucement le mélange du cul-de-poule dans le lait chaud, en remuant. C'est quand même drôle, mettre des œufs dans un cul-de-poule, non ?

La clé ici, pour que ça ne vire pas mal, c'est « au premier bouillon ».

On a appris cette semaine que le lobby du lait n'était pas content. Voyons qui remportera cette manche : la puissance d'un lobby ou l'idée alimentaire de la science. Les gens qui « gèrent » le lait sont puissants.

Ils dépensent des dizaines de millions, chaque année, pour en faire la promotion. C'est une grosse affaire. L'économie n'aime pas se faire étouffer. Même si, à tout hasard, le lait ne serait pas aussi bon qu'on le dit pour la santé. Si on cherche un peu, à part l'eau, y a pu grand-chose qui semble l'être, hormis les aliments à la mode !

Suis quand même un peu mélangé dans mes positions. Parce que j'adore le fromage en grains.

Car si je souris beaucoup quand on nous casse les couilles à répéter qu'on fait donc du lait de qualité ici, ça demeure confus. De deux choses l'une : pour l'industrie laitière, il faut comprendre qu'un lait de qualité, c'est un lait avec un taux de cellules somatiques bas, c'est-à-dire avec peu d'agents pathogènes, et qu'il est « propre ». Ironie du sort, les grands fromages (souvent de lait cru) sont vivants et proviennent d'un lait qui n'est pas aseptisé par une industrie, qui s'en vante en plus. Au contraire, ailleurs, on célèbre ces différences. Avec fierté.

De deux, le lait de qualité dont se targue notre industrie laitière a justement mis tous ses œufs (!) dans le même panier. *Exit* les différences, les particularités, les parfums, les spécificités... ce qui a pour effet de faire trembler tout le marché, d'un océan à l'autre, quand on apprend soudainement qu'on va plus ou moins l'interdire aux enfants. Les enfants, à fidéliser, qui sont aux premières loges du marché qu'on veut protéger. Ainsi donc, le lait ne sera plus qu'un aliment protéiné comme les autres. On a manqué de vision dans sa véritable qualité : le goût.

Ça fait quand même des décennies qu'on nous dit d'en boire et d'en manger de manière générique. On a même ajouté une vitamine (D). À un moment donné, dans le passé, on a condamné le beurre. Au profit de la margarine. Un peu plus tard, on l'a ressuscité, en accusant la margarine d'autres maux, comme le fait de contenir des gras saturés ou de favoriser le soya génétiquement modifié... bla-bla-bla.

La science, n'en déplaise à l'archevêché de la pensée, semble parfois être un pendule. Les lobbys ont au moins la constance de leurs convictions ! (Je souris ici.)

Maintenant, croyez-vous vraiment que les gens vont cesser d'en consommer ? Ça fait des années qu'on nous dit que les chips et la malbouffe, c'est pas *winner*. Deux industries en croissance. Un conseil : peut-être que la Fédération des producteurs de lait devrait miser sur les qualités *badass* du lait pour en faire la promotion? Faisons un calcul: dans un litre de 3,25 %, il y a à peu près 95 % d'eau. C'est comme pour le vin, je me dis; une bouteille de vin à 14 % d'alcool contient *grosso modo* 86 % d'eau. Pourquoi le Guide alimentaire veut-il qu'on remplace tout ça par de l'eau?

Et si?

Si, au lieu d'une obligation et de la pression d'un lobby, on avait développé le goût de boire et de manger du lait avec de vraies qualités autres que sanitaires? On serait ailleurs. On le fait pour le *pot*.

Parenthèse pause-divertissement. Soupe au lait. Se dit aussi d'une personne qui change d'idée subitement. Peut-être que le Guide alimentaire canadien devrait se débarrasser du méchant lait en l'offrant, bien chaud, au président américain. Paraît que ça calme. On sait par ailleurs qu'il est déjà sensible à notre production laitière!

Pendant des années, me suis nourri avec du Quick et du Map-O-Spread. Rendu jusqu'ici sans heurts. De mémoire, aucun des deux «aliments» ne faisait partie des recommandations du Guide.

Revenons aux vaches. Je connais des gens qui ont mangé du bacon cuit dans le beurre toute leur vie. Qui ont chiqué de la couenne de porc comme collation. D'autres qui se sont nourris de steak de viande rouge et de patates bouillies, comme seul légume, pendant 70 ans. Ça me semble honorable comme diète quand un corps travaille et s'adapte. Prenons le problème par le cul au lieu de la tête: peut-être qu'on pourrait continuer de boire du lait tous les jours, même à l'école et dans les lunchs des enfants, si on savait s'adapter aux aliments? Plus ça va, plus les gens ressemblent à ces vaches qu'on immobilise dans les étables: on adapte leur alimentation à leur immobilisme.

Les vaches, dans l'industrie qui nous occupe ici, ne boivent pas de leur lait. Nous, oui. C'est un fait culturel. On sait aussi que la poutine n'est pas vraiment un groupe alimentaire recommandé, encore moins depuis quelques jours, parce que le fromage en crottes est diabolisé.

Que restera-t-il à manger quand on aura condamné aussi les légumineuses pour des raisons qu'on voudra croire?

Pour la soupe au lait, on ajoute un peu de sucre juste avant de servir. C'est encore permis, le sucre? Suis un peu confus. Ou des cubes de tofu, selon nos croyances. Un peu d'ail frais. Ou des vermicelles. Ou du maïs en boîte. Mais de grâce, pas d'eau.

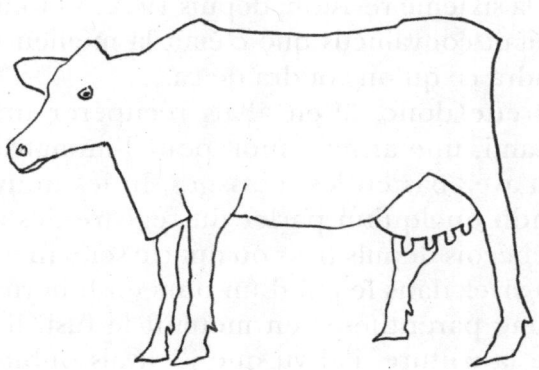

LES *GUNS*

27 janvier 2019

L'hiver est dur à suivre cette année. Y faisait tellement frette en début de semaine que même le chien ne voulait pas aller dehors. Imaginez les animaux qui n'ont pas de poils ou de manteaux à plumes.

Le nouveau Guide alimentaire est finalement sorti. Tout le monde semble heureux, sauf ceux dont les intérêts ont été brimés. Entre vous et moi, je ne crois pas que ça affectera l'industrie des *diners*, des roulottes à patates ou des *shows* de cuisine de télé. Mais ça va peut-être faire une différence, un jour, dans le budget du ministère de la Santé si on améliore la condition humaine en mangeant mieux. Cela étant dit, si c'était à la base un énoncé de règles alimentaires, on est rendus à la sixième révision, depuis 1942 ! Et toutes les fois, on était convaincus que c'était la meilleure. On comprendra ce qu'on voudra de ça.

Le frette donc. M'en allais récupérer un fusil chez un ami, une arme à moi, pour l'immatriculer. Si vous n'avez pas eu les messages, lu les nouvelles, ou entendu quelqu'un parler du registre des armes à feu québécois depuis trois ou quatre semaines, c'est que vous vivez dans le cul d'un ours en hibernation. J'ouvre une parenthèse : en mettant le fusil dans le coffre de la voiture, j'ai vu que j'y avais oublié une bouteille de crème de menthe avant les Fêtes. Oui, de crème de menthe. Vous savez quoi ? Le liquide n'était pas gelé, même à -26 °C, et quand j'ai pris une gorgée, heureux de ces retrouvailles, je peux confirmer que c'est vrai : la menthe, ça rafraîchit, même dans un frette polaire !

Créé en 1995, le registre canadien des armes à feu a été aboli en 2012 par les conservateurs de Stephen Harper, non sans avoir coûté plus de 1 milliard de dollars à instaurer et à mettre en place. C'est beaucoup d'argent, ça. Je ne veux pas parler d'économie ou réduire tous les arguments du monde à cette église de pensée ; d'autres le font. Je vais donc chialer un peu ailleurs.

Il y a une dizaine d'années, un ami américain m'avait mis en garde : il y a trois choses dont on ne peut pas discuter aux États-Unis : l'avortement, les hamburgers et les armes.

Chez nous, c'est différent. Les interdits sont ailleurs. Alors jasons d'armes un peu aujourd'hui.

Y a rien, dans un registre d'armes d'épaule (armes de chasse) comme on s'apprête à l'instaurer ici, qui va améliorer la sécurité de la population. C'est de la grosse *bullshit*. Un geste symbolique, certes, mais qui n'empêchera pas les crimes. Et c'est dommage. J'ai épluché toutes les statistiques officielles sur les crimes commis par arme à feu entre 1974 et aujourd'hui. Le registre canadien, d'office pendant presque 18 ans, n'a eu aucune incidence sur le taux de crime avec ces armes. Ça veut dire beaucoup, « aucune incidence ».

Tous ceux qui s'intéressent un peu, de près ou de loin, aux armes à feu savent où s'en procurer illégalement pour commettre des crimes.

Des armes qui ne seront pas immatriculées, évidemment. Mais personne n'a le courage, j'inclus ici surtout le lobby « contre » les armes, d'insister pour que le gouvernement intervienne avec de vrais moyens pour contrer la vente des armes illégales qui servent à commettre des crimes. Patate chaude.

J'ai beaucoup hésité avant de m'avancer sur ce sujet du registre. De un, quoi qu'il advienne, c'est une loi, et il faudra s'y conformer. C'est aussi un sujet un peu délicat ici, et beaucoup plus symbolique que concret, d'où cette difficulté d'en parler. Qui plus est, mis à part les propriétaires d'armes de chasse, on ne tire pas sur des oies ou des outardes avec un *slingshot*, la population n'est pas très bien informée sur toutes les mesures de sécurité déjà existantes et rigoureuses entourant la possession d'armes à feu.

Mercredi, le gouvernement caquiste a fait quelques concessions pour faciliter l'exercice. Encore là, c'est de la négociation politique. On ne s'attaque pas aux symboles sans risquer de perdre des plumes. Alors on tente de faire plaisir à tout le monde.

La vérité, c'est que personne ne sera ni plus ni moins en sécurité avec ce registre, c'est tout. Faudra comprendre qu'on se fait emplir.

Ça ne sert à rien d'aller crier aux droits et libertés ou de déchirer sa chemise de chasse pour ça. Je vais enregistrer mes armes, parce que c'est la loi ; je suis un pas pire citoyen, mais surtout parce qu'on vit dans un monde de symboles.

Je dis malheureusement avec un sourire déçu : je vais le faire parce que ça ne changera strictement rien à rien. D'un bord comme de l'autre. Le monde n'ira pas mieux. Et je dis ça de même : l'hiver est parfois plus beau avec une gorgée de crème de menthe.

LA FUMIÈRE

10 février 2019

La semaine dernière, dans cette histoire pas belle sur le congédiement du lanceur d'alerte Louis Robert, le ministre de l'Agriculture a lancé : « Toutes les actions que nous allons prendre seront dans l'intérêt des Québécois. »

Il y a plusieurs années de cela, derrière les granges et les étables, un convoyeur entassait le fumier des vaches et des animaux sur une petite montagne. C'était OK tant qu'on ne jouait pas dedans. De nos jours, les normes ont changé : on doit circonscrire le fumier dans des enclos en béton pour que ça ne ruisselle pas et ne pollue pas l'environnement. Encore ici, on réussit à bien contenir le fumier.

Cela étant dit, pour ceux qui ne voudraient manger que du tofu, il faut comprendre que les systèmes agricoles de grandes surfaces, dont la culture du soya, ont besoin de fumier animal pour exister. Autrement, c'est beaucoup de fertilisation chimique. Le problème avec les champs fertilisés par les laboratoires, c'est que tout ce qui y pousse en bénéficie. Sauf dans les cas de haute voltige pharmaceutique, où des herbicides, toujours synthétisés, sélectionnent une variété au détriment d'une autre. Mais ça, dans nos croyances symboliques de santé moderne, ce n'est pas une idée qu'on aime. Alors on arrose. Pesticides, herbicides, fongicides.

Jusqu'ici tout va. La production végétale biologique correspond à peu près à 5 % de tout ce qui est produit au Québec. Reste donc 95 % dans ces cultures « arrosées ».

Ça étonne un peu, surtout depuis la semaine dernière, où on a appris qu'il fallait manger davantage de sources «végétales».

Puis un agronome est venu brasser un peu le tas de fumier.

Dans ma campagne, quand les agriculteurs «étendent», ce qui veut dire épandre dans leurs champs le fumier amassé pendant une année, ça sent fort.

On se souviendra de cette requête en juin dernier, où on a demandé aux fermiers de Charlevoix de ne pas étendre avant et pendant le Sommet du G7. Parce que les gens de la ville et du Grand Monde trouvent que ça pue. Pour tout dire, j'adore l'odeur du fumier (au sens propre). Ce sont des odeurs de vie.

Passons à l'autre sens du tas de fumier, celui de la métaphore. J'ai lu qu'un parti politique était passé à un cheveu de demander la démission du ministre Lamontagne (du ministère de l'Agriculture, des Pêcheries et de l'Alimentation du Québec) cette semaine.

Come on. Sérieux ?

Sur le site du MAPAQ, on apprend que : les ouvrages de stockage servant à contenir les fumiers doivent être étanches, sûrs et de capacité suffisante… entre autres choses pour limiter les fuites de minéraux et de microbes indésirables dans les eaux de surface et souterraines.

Ça fait un peu sourire, non ? Ce n'est pas dans l'air que ça craint, mais dans les systèmes qu'on ne voit pas.

Pour un projet dans une autre vie, j'ai rencontré des dizaines d'intervenants en agriculture : politiciens, agronomes, agriculteurs, syndicat, Ministère, ministre, psychologues, lobbyistes. Tout le monde sait que c'est tout croche ; qu'il existe un malaise de pouvoir. Et un manque d'éthique hallucinant. Plusieurs agronomes, pour la plupart rencontrés sous la promesse d'anonymat, m'ont raconté des histoires de marde sur leurs obligations professionnelles, trop souvent en opposition avec leurs valeurs et celles qu'on chante. C'est aussi un peu ce qui s'est passé avec Louis Robert, cet agronome qui a dénoncé des pratiques sans éthique, et de la collusion, dans l'industrie chimique agriculturale. Le gars est agronome, crisse. C'est lui qui « soigne » nos terres, celles qui servent à nous nourrir. On vient d'apprendre que les agronomes sont en laisse. Pour la plupart, dégriffés et enchaînés. C'est triste.

Ça va donner quoi de couper la tête du ministre, un gars qui vient d'arriver là et qui ne connaît pas ça, les histoires de fumier derrière les granges ?

Ce ne serait qu'un geste symbolique. Le vrai problème, c'est la contamination systémique quotidienne, devenue « normale ». À la lumière de ce qu'on apprend, et de ce qu'on est en mesure de constater, peut-être vaudrait-il mieux ne jamais s'aventurer, ou jouer trop près de la fosse à fumier ?

Dans les faits, il va se passer quoi ? La protectrice du citoyen va mener une enquête. On va peut-être réintégrer le lanceur d'alerte. Peut-être pas. Y a deux ou trois personnes de la ville qui vont philosopher sur l'éthique, quelques politiciens qui vont faire semblant d'être outrés (c'est le rôle symbolique et genré qu'ils s'attribuent selon la rotation naïve du pouvoir), certains vont parler au nom de la morale, et tout va reprendre normalement d'ici une semaine ou deux. Peut-être qu'on ne devrait jamais aller jouer dans le tas de fumier, et continuer de sourire comme si tout allait bien.

Fermer étanche est une norme gouvernementale, semble-t-il.

Cette histoire ne meurt pas (dans les médias), et c'est tant mieux. Malheureusement, c'est trop tard. L'écart entre les urbains et les ruraux est immense. Les gens de la campagne savent tout ça depuis longtemps ; ceux de la ville viennent de l'apprendre, insultés.

On n'a jamais autant parlé d'agriculture au Québec que ces dernières années. On en trace une image romantique. Dans les faits quotidiens et la réalité, je vous assure que c'est laid et que ça pue. Veut-on vraiment savoir tous les liens de collusion, la mauvaise gérance, le manque de vision? Il y est un peu beaucoup question de notre alimentation.

On apprend aussi sur le site du Ministère qu'il est strictement interdit d'installer une échelle dans une fosse fermée (qui voudrait aller là?) et que dans certains cas, il y a des risques d'explosion. Quelques journalistes viennent de l'apprendre, rien de plus. Je ne veux pas être défaitiste, mais j'ai parfois l'impression qu'au-delà de belles volontés qu'on se souhaite, vaudrait mieux laisser la fumière tranquille. «Toutes les actions dans l'intérêt...», il a dit, le ministre. Imaginez que de ne rien faire et de laisser tout ça comme ça est aussi une action.

FABLES DE FERME

24 mars 2019

C'est le printemps depuis mercredi. Pas un printemps de carte postale, mais dans les faits du calendrier, on a atteint l'équinoxe. Cette semaine, on a eu des parts égales de jour et de nuit.

Pas besoin de science pour le savoir. Dans le poulailler, c'était le printemps pour sûr; la ronde des poules qui crient, poursuivies par les coqs, qui veulent le bien de leur race!

— Les poules se battent, que le dernier me dit.

— Non, c'est la faute des coqs, je réponds.

— Non, c'est les coqs qui veulent faire l'amour aux poules pour faire des bébés.

— Mais y a aussi des combats de coqs, des poules qui tentent de se sauver, et d'autres qui insistent, des poules qui pondent et d'autres qui caquettent pour rien...

Toujours est-il – faisons des liens – que dans les basses-cours de nos États (l'Assemblée nationale et le Parlement), ça crie autant, sinon plus que dans le poulailler, et on me dit de tous bords tous côtés que la méchante biologie humaine n'est pas en cause. OK, je veux bien, alors c'est quoi ces enfantillages de bloquer des votes, crier, ne pas écouter, faire de la partisanerie? Y a plus d'ordre et de volonté dans les centres de la petite enfance.

Les sucres vont bon train. Pas encore les grandes coulées, mais je fais du sirop. À l'ancienne, avec des chaudières et des chalumeaux! Au début de la saison, faut parfois retaper les chalumeaux qui se « loussent » dans les entailles, à cause des gelées.

Ainsi qu'il faut retaper sur les clous pour que ça rentre. Encore et toujours l'agriculture dans les médias. Et c'est tant mieux. On a appris cette semaine que plusieurs centres de recherche, financés par le MAPAQ, ont à leur tête des lobbyistes de l'industrie. Plusieurs s'en sont étonnés. Encore. Évidemment, quand le gars regarde ailleurs, les souris dansent, ou quelque chose du genre.

C'est ici que je retape sur le même clou : on s'attend à quoi d'un ministère – et son industrie – qui s'est délesté de ses responsabilités ? Dans les coulisses, depuis des décennies, on répète ce proverbe : pas besoin de s'occuper de l'agriculture, le syndicat s'en charge. Le syndicat, c'est aussi toutes ces organisations consultatives et décisionnelles en marge du pouvoir politique. Le MAPAQ s'est beaucoup retiré des comités, de la recherche, de la science et des organismes de gestion. Et d'autres encore.

Comment peut-on blâmer les rongeurs qui ont profité de la moulée de la vache sans surveillance ?

Cette responsabilité doit revenir au pouvoir politique. C'est au Ministère de définir les règles et de les appliquer.

Je vous assure que nulle part ailleurs au monde et dans la galaxie une agriculture est ainsi gérée. Quand les gens de l'extérieur de la province (Canada, États-Unis, Europe, Scandinavie, Japon et autres pays d'Asie) s'intéressent un peu à ce qu'on fait ici, ils sont sonnés d'apprendre qu'un territoire avec autant de richesse agricole fonctionne avec autant de misère.

Une proposition : ou le Ministère prend ses responsabilités, ou on laisse l'agriculture s'organiser seule avec ses idées. Parce qu'en ce moment, c'est une gestion factice et broche à foin.

Je l'ai répété à plusieurs reprises et le ferai encore : il y a des forces vives dans tous les organismes qui gèrent notre agriculture, mais trop peu. Certaines de ces forces actives tentent de reprendre le contrôle ou de mettre un peu d'ordre dans l'étable, et c'est notamment pour ça qu'on continue d'en parler autant.

Quand on fouille un peu, comme on l'a appris cette semaine, on se rend compte que ce n'est pas beau.

Ça donne l'impression qu'on a laissé Elvis Gratton présider la chambre de commerce.

Ça fait du beau divertissement, mais dans l'assiette et pour la santé publique, c'est pathétique. Que va-t-on encore apprendre dans les prochaines semaines ? Ce n'est que la pointe de l'asperge, comme dirait l'autre.

Pourquoi le ministère de l'Agriculture n'est-il plus qu'un ministère ?

On revient aux poules. Y a un autre proverbe qui dit qu'une tortue pond 100 œufs en silence et qu'une poule en pond un seul et tout le village le sait. Pour ceux qui l'ignorent, ça crie, une poule, quand ça vient de pondre. Si on est attentif, on peut alors manger des œufs dans le sirop vraiment très frais !!! Impossible de confondre le cri de l'œuf avec la *job* des coqs.

Trois cent mille personnes dans les rues de Montréal pour la Saint-Patrick. Deux jours plus tôt : 25 000 étudiants dans les mêmes rues pour le climat. On n'est pas tous préoccupés « égal ». Disons que c'est déjà ça de pris. Mais on s'éloigne de la campagne.

On continue la visite de la ferme. Un agriculteur, c'est un savant mélange de méfiance et de fierté. Dans le budget fédéral de cette semaine, il y a eu des dispositions pour les dédommager. Poulets, œufs et surtout les produits laitiers. Un rappel : ce sont les producteurs laitiers qui ont été sacrifiés au profit de l'industrie automobile dans le nouvel accord de libre-échange nord-américain négocié (imposé, devrait-on dire) l'an dernier avec les États-Unis. De l'argent donc, donné comme ça. Si tu veux tuer un homme, paye-le à rien faire, disait le poète. On va donc payer des fermiers pour compenser le fait d'avoir favorisé Jacques au lieu de Jean. Ça ressemble aussi parfois à ce qu'on a fait avec certains peuples autochtones un peu partout dans le monde, avec les conséquences qu'on connaît. Ça donne un coup à la fierté, ça, et ça nourrit la méfiance. Pour longtemps.

* * *

J'ai roulé les vitres baissées cette semaine, ça a fait du bien de briser l'isolement hivernal. À travers les cris des corneilles, aussi un signe printanier.

Suis allé à Montréal, en voiture, mardi (on continue dans le thème des animaux) : jamais vu une ville avec des *trails* aussi mal en point. C'est réellement impressionnant et ça ne fait pas sérieux. Et je ne parle même pas des nids-de-poule. J'hésite à y retourner, mais si jamais vous voyez un tracteur de ferme bleu dans les rues, c'est moi. Bon dimanche.

LA ONZIÈME HEURE DE 21

7 avril 2019

Rien à dire d'intéressant cette semaine. J'ai la face dans le sirop d'érable *non-stop* depuis dix jours. Et c'est terminé dans le sud de la province. C'est dimanche et tout sera décroché avant la messe de 11 h.

Bon, parlant de messe et de religion, je tente de suivre du mieux que je peux, dans la saine distance des érables, ce qui se passe avec le débat sur la laïcité. Dans les faits, ce n'est pas un débat; ce sont deux monologues. Et c'est franchement divertissant. Pendant que certains se déchirent la chemise – ou la blouse, on n'oublie pas les madames –, d'autres sont prêts à brûler leur turban et leur niqab au nom de la grande liberté humaine.

Come on. Faudrait arrêter de se regarder le nombril.

Il est où, le problème ?

Il est dans les détails et le flou, comme le diable. Qu'on soit d'accord ou non avec le projet du gouvernement, c'est la première fois en dix ans que des gens au pouvoir ont le mérite de prendre position, et de faire sortir le méchant du coup. On se rend compte que même le « bon monde » a du fiel.

Enfant, avec mon grand-père, on allait à la pêche. Et ça prenait des vers de terre. Pas question, dans ma famille, d'aller en acheter. Mon grand-père avait un genre de bâton électrique, relié à une prise extérieure, qu'il enfonçait dans la terre humide, après une pluie. Les vers de terre sortaient et on les ramassait. J'imagine qu'ils étaient électrocutés. On avait dérangé la quiétude de leur vie souterraine.

Toujours est-il que le truc électrique me fait penser à ce projet de loi ; il fait sortir tout le monde de son tunnel. Et je trouve ça beau.

Le monde a changé. *That's it*. On doit composer avec les migrations. Et parfois, de temps en temps, il faut encaisser les coups du changement. Parce qu'à la base de nous, individus et société, c'est la peur de changer qui définit beaucoup nos valeurs.

On commence à peine à prendre conscience que la Déclaration des droits de l'homme, et ses Nations unies, est un beau grand bateau monté (comme l'a écrit Denise Boucher dans une belle chanson).

Ça s'applique aussi à la religion. On a appris, il y a quelque temps, que des élus ici même croient que la Terre est plate. Et je suis tombé, cette semaine, sur un extrait d'un spectacle de George Carlin (humoriste américain), qui dit à peu près ceci : il y a encore des gens qui croient qu'il y a un homme qui vit dans le ciel, et qui est déjà venu nous sauver.

Si ça peut apparaître innocent à certains, rappelons-nous qu'on a tous été créés égaux (hé… hé…). Et que la plus grande tolérance de la galaxie sera d'accepter que des gens, en 2019, ont besoin de religion, et de ses signes, pour avancer et continuer. Ça prend énormément de bienveillance pour accepter cette différence.

Dans les faits, vous et moi savons très bien que le bon Dieu ne vit pas dans le ciel ou au paradis, mais qu'il est bien installé, avec bonheur, dans un logiciel et un serveur informatique du Web, et que nous sommes tous ses esprits saints.

Le débat sur la laïcité est un combat de valeurs. Avec des charges incompatibles. Les valeurs ne changent pas aussi facilement que les idées. Alors ça va continuer de chialer et de ruer, jusqu'à ce que des mesures passives (des lois) rendent tout ça plus ou moins acceptable. Ailleurs, dans d'autres sociétés, dont l'Angleterre, c'est le contraire qu'on a voté, et on permet tous les signes en société, et ça ne semble ni mieux ni pire. Parenthèse : l'Angleterre semble avoir mieux réussi que la France l'intégration de ses immigrants. Dit en passant.

On pourrait, en prenant le problème par le cul au lieu de la tête, espérer la disparition des religions. Puisque les signes religieux n'en sont que des conséquences.

M'est avis que c'est dangereux de les interdire uniquement en position d'autorité sociale. Parce que ça va couver, en secret.

Et les rages qui se construisent secrètement sont plus néfastes, et durent plus longtemps, que celles en « pleine vue ». La religion et ses objets, rappelons-le, permettent d'accepter, à tort ou à raison, selon ses valeurs, la « misère » de vivre pour plusieurs. Pour certains, c'est les extraterrestres, et pour d'autres, encore aujourd'hui chez nous, on vient d'un homme et d'une femme qui ont fait zoum-zoum dans un verger, avec un serpent qui les surveillait.

On semble ignorer comment réconcilier les positions qui, avouons-le, sont défendues naïvement de part et d'autre. Et à court de belles manières, sauf pour ceux qui savent manier les mots et leurs formes. Mais dans le contenu, des deux bords, ça finit par être aussi ostentatoire que les objets de culte.

Ce qui m'amène au constat troublant et scientifique (!!!) que tout irait tellement mieux si on vivait nus ! Si je deviens premier ministre, ce sera ma première promesse électorale, étant donné que le climat se réchauffe et tout...

Et enfin à cette inquiétante prise de conscience (avec un signe religieux) : c'est difficile en tabarnouche de vivre ensemble.

LE CHIEN DE PÂQUES

21 avril 2019

Le calendrier qu'on utilise pour réguler nos vies est encore sous influence religieuse. Même si cette grande histoire s'étiole, ce n'est pas une raison pour s'éloigner de certaines des valeurs de cet ancien pouvoir. Va falloir mettre le chocolat de côté pour poursuivre la lecture jusqu'à la fin, à moins que vous aimiez le goût salé.

En face d'un douanier cette semaine, j'ai menti quand on m'a demandé si j'avais quelque chose à déclarer. Les yeux mouillés, dans la file d'attente, j'ai pris tous les soins du monde à essuyer les traces de larmes sur ma face. Je ne crois pas que le service du contrôle frontalier voulait entendre une déclaration de sentiments. Ce n'est pas pour ça qu'on les forme. Ils préfèrent les valises aux sentiments.

Mauvais *timing*. Je fais comme tout le monde, quand l'avion se pose : j'ouvre mon téléphone. Ça entre et ça vibre, et j'apprends que le chien Mira qui vit avec nous depuis l'été dernier a été retenu, après une semaine d'évaluation, pour servir de chien-guide pour les non-voyants. On sait l'issue dès le départ. N'empêche.

Ça veut dire que dans quelques jours, j'irai le reconduire à Sainte-Madeleine, chez Mira. Le chemin inverse de l'été dernier, pour aller le chercher.

* * *

J'ai rarement vu une «marque de commerce» avec autant de capital social et d'empathie. Les gens savent et comprennent que ces chiens aident, et même parfois, sauvent des vies. Et les changent.

Mis à part deux endroits dont j'ai déjà parlé ici (un dépanneur en Mauricie et une chaîne de restaurants avec des écrans de sports), le chien a été reçu et accueilli partout avec respect et admiration.

Mais ce qui m'a le plus troublé, ce sont les inconnus, dans la rue et les lieux publics, qui se sont approchés en demandant des informations sur l'organisme, le chien, et surtout, pour me dire combien il sera difficile de m'en séparer une fois l'animal rendu, vers un an, à son entraînement d'assistance. Évidemment, madame, que ça va faire mal. C'est sûr, monsieur, qu'on va chialer quand il va partir... C'est promis.

Des centaines de commentaires. «Je ne serais pas capable de faire ça...»

Notre responsabilité, comme famille d'accueil, est de prendre le chiot à neuf semaines et de le rendre jusqu'à 12 mois en le socialisant. Pour faire en sorte que le chien soit minimalement élevé et qu'il ait les aptitudes nécessaires pour vivre en société. Mira, faut-il le rappeler, est un organisme à but non lucratif qui vit de dons. Et avec l'aide de quelques familles.

Il a donc intégré notre foyer l'été dernier. Comme j'ai un horaire avec moins de contraintes et plus de liberté que d'autres, on a vécu une forme de symbiose. Ce chien m'aura accompagné partout durant presque un an.

Hôtels, restaurants, musées, théâtre, cinéma. Dans mes ateliers de travail. C'est aussi le chien qui a certainement le plus d'heures de vol au pays. Il m'a suivi dans des entrevues, sur des plateaux de télé, dans des dizaines d'écoles, des rencontres avec public, lors de conférences et dans les silences des marches aussi.

Ce n'est pas un chien normal. Ça a été plus intense encore qu'un chien normal. Son foulard rouge a ouvert les portes.

Je ne ferai pas l'apologie des bénéfices réels et des vies transformées par ces animaux et ces organismes qui forment et entraînent des chiens-guides, sinon que plusieurs fois, des gens m'ont arrêté dans la rue pour simplement dire merci. Ou cette femme qui aura enfin réussi à dormir une première nuit complète en 13 ans le jour où son fils autiste de 13 ans a reçu son premier chien Mira.

« Oui, je sais, ce sera difficile », ai-je répondu à tous ces gens qui m'ont dit qu'ils seraient incapables de s'en séparer. Mais il y a parfois des sacrifices à faire quand, dans un monde en perte de repères, on décide soi-même de ses valeurs et que parfois, ça implique des sentiments humains. Pas le contraire, les andouilles ! On a trop souvent inversé les valeurs et les sentiments dernièrement. Triste époque. L'Église a au moins eu le mérite, à travers de grands torts, d'entretenir une idée de bienveillance.

Dans quelques jours, j'irai reconduire mon chien. Il aura un entraînement de six mois, puis on va le jumeler avec quelqu'un qui a besoin de lui pour avancer.

Les deux vont se choisir, s'apprivoiser et apprendre à travailler ensemble pendant un mois. Puis à Noël, mon chien fera dorénavant partie de la vie d'une autre personne. De Pâques à Noël, cette fois. Ce sera son chien.

Mes larmes seront les sourires d'un autre.

Ne venez pas me faire chier avec les sentiments difficiles. C'est un calcul qu'on a fait, et c'est OK, dans une échelle de valeurs humaines, de comprendre et sentir qu'on n'est pas au milieu du monde. Qu'il y a un prix de conscience à payer à cette portée.

Dans quelques jours, au matin, j'irai le promener dans la forêt une dernière fois. Puis on va monter dans la voiture et prendre la route. Avant de descendre, j'essuierai mes yeux sur sa face et dans son cou ; suis sûr qu'il va lécher le sel sur mes joues, puis j'irai le remettre à quelqu'un qui en a autrement besoin.

Joyeuses Pâques.

LE POTAGER

5 mai 2019

Un matin, à genoux dans le potager cette semaine. Enfin ! Certaines années, le 20 avril, tout est semé.

Cette année, et parce que les gelées hâtives de l'automne dernier l'ont empêché, j'ai planté l'ail il y a quelques jours. À genoux donc, dans la terre froide et trempée. L'ail en rang d'oignons. Ça me fait rire, ça, parce que les oignons, ici, je les plante n'importe comment, et ils poussent. Alors j'ai fait de même avec l'ail. Même chose encore avec les laitues, les carottes, les betteraves : à la volée. Ce n'est pas aligné comme une rangée de bancs à l'Assemblée nationale, et les légumes se font quand même. Cela pour dire que tout est retardé ce printemps.

C'est bien, le potager, parce que ça permet de ventiler… et de faire du ménage dans les absurdités. Je tentais, je vous le jure en souriant, de comprendre comment un génie de l'administration municipale de la Ville de Montréal avait pu arriver à la conclusion qu'il fallait rouvrir le chemin Camillien-Houde à la circulation en le bien-nommant « chemin de plaisance » ! C'est quoi, un chemin de plaisance ? Peut-être que c'est une rue où on roule lentement en prenant soin de regarder le paysage ? Alors j'ai une suggestion : on n'aurait qu'à y faire des travaux et poser des cônes comme sur tout le réseau montréalais. Un autre problème de réglé par l'escouade de l'immobilité. D'ailleurs, j'ai fait un cauchemar l'autre nuit : entre deux feux de circulation, je me faisais dépasser par un papillon.

Le plus drôle, dans l'histoire des travaux de réfection, c'est qu'une fois que tout sera fini, faudra recommencer. C'est comme un potager, mais sans bonheur!

Revenons-y.

La magie du travail de la terre allège un peu le fardeau du ridicule social. Je vous assure que je serais fou depuis longtemps sans les patates ou le fumier à pelleter. On se demande, en bêchant de toutes ses forces, comment le système a pu laisser mourir une fillette de sept ans. Et on se demande intensément pourquoi on a tant besoin d'un drame pour se révolter? Un autre coup de bêche.

Oui, y a de belles choses ici et là, mais dans l'ensemble, le constat est troublant. Ça sert à quoi de mettre en place des milliers d'intervenants et de plans d'intervention quand on ne peut pas agir; dilué dans l'administration? C'est décourageant de prendre la mesure de ses limites. Quand on se met à fouiller et à creuser un peu (on reste dans le thème...) on se rend compte que ce n'est que la pointe de l'asperge!!!

Quand on écoute un peu les gens qui travaillent dans le système, on se rend compte que le courage d'agir se noie dans le rêve collectif et les belles volontés.

Difficile à enterrer celle-là.

* * *

J'ai continué en étendant du fumier. Parce que mine de rien, c'est utile la marde, de temps en temps, pour fertiliser les sols. On l'oublie.

À la radio, la même journée, j'ai entendu des gens qui se demandaient pourquoi la politique active n'attire pas autant de gens de qualité que le milieu des affaires ou la recherche universitaire, par exemple. Me semble que c'est simple: ça fait des décennies que les gouvernements ne gèrent que des coupes, de l'austérité et des problèmes sociaux, comme le mauvais état de la santé et de l'éducation. Pas très sexy. Imaginez si la province ou le pays avait des idées expansionnistes, des visions d'avenir et de croissance sociale, non pas uniquement économique ? Le ministre de l'Économie et de l'Innovation (allô Pierre !) qui se dit prêt à démissionner au premier drapeau levé, pour ne pas gêner son gouvernement. *Come on Fitz*. Tu les envoies chier et tu te bats un peu, S.T.P. Ne pas céder à l'ambiance.

* * *

Pourquoi cette indignation étonne-t-elle autant ? Parce qu'on se sème des promesses à la volée. Et que les résultats ne sont pas toujours visibles... On se fie sur le « système » pour les gérer. Crime ! Ça ne fonctionne pas, on dirait. Faudrait revoir certaines valeurs démocratiques, mais surtout : on devrait revoir et redéfinir ce que devraient être nos programmes sociaux (les temps ont changé) et donner de sérieux coups de barre pour que le gros bon sens l'emporte parfois sur un système qui s'est transformé en désengagement humain.

Vous jure que ça fait du bien de planter des graines et de comprendre des cycles simples. J'aime beaucoup la loyauté de la terre. Bien besoin, quand on récolte des horreurs, comme l'histoire de cette fillette.

LE RÂTEAU

19 mai 2019

Le poêle à bois chauffe encore, mi-mai. Pour ceux qui l'ignorent, un poêle à bois est un appareil de chauffage dans lequel on met des bûches d'arbre, une matière solide et renouvelable, pour produire de la chaleur. Et même si ce poêle est certifié EPA (Environmental Protection Agency, des É.-U.) avec des normes d'émissions polluantes réduites et acceptables, le maire démissionnaire Ferrandez ne m'aimerait pas plus, je crois.

J'ai tenté de faire des buttes dans le potager cette semaine, pour surélever la terre; ça facilite la croissance des légumes, c'est mieux drainé…

À chaque coup, le râteau se gommait de terre. Trop humide. De la bouette lourde et collante. Le râteau (c'est un dimanche lexical) est un outil qui sert à ramasser des matières: feuilles, pierres, terre.

Si je raconte ça, et que je fais le professeur, c'est parce qu'à la lumière de la démission fracassante et spectaculaire du maire – c'est vraiment une nouvelle, ça? –, on se rend compte de l'extraordinaire écart entre la ville et la campagne, et entre deux générations.

Et, fait surprenant, tel un mauvais réflexe catholique, tout le monde se surprend à lui trouver des qualités une fois parti. « Dans le fond, il a raison, il fait de la politique autrement, des gens comme lui n'ont plus leur place. »

J'aurais aimé entendre tout ça quand il était investi de pouvoirs. Pas quand le gars est mort et que la menace est étouffée. On dirait parfois une mauvaise fable de La Fontaine ou une expression comme « crier au loup ». (J'ouvre ici une parenthèse pour mes amis journalistes : allez donc fouiller un peu la véritable raison de la démission de Gerald Butts, qui n'aurait peut-être pas tant à voir avec l'affaire SNC-Lavalin... Je dis ça de même, entre les branches.)

Revenons au maire du Plateau et à ses 500 000 arbres.

Un autre truc qui m'a étonné et ravi, c'est d'apprendre dans sa déclaration que la politique était devenue une affaire de compromis!!! Crime, y a encore du monde qui dort au gaz on dirait (hé... hé...). Toute la belle et grande aventure humaine est une affaire de compromis. Tiens, vous avez déjà remarqué que les BIXI sont mille fois plus populaires pour descendre la ville qu'à pédaler pour la remonter? Et ce sont des pick-up au gaz qui remontent les bicyks en haut de la côte chaque jour.

Ailleurs, c'est une belle volonté de vouloir s'électrifier, mais Hydro-Québec n'est pas aussi vert qu'on le croit, à ce qu'on dit. Et vous avez pris le métro à l'heure de pointe? Les gens se poussent et se bousculent, parfois de manière agressive, pour entrer et sortir. Il faudrait sourire, et faire semblant que les transports en commun fonctionnent comme dans le meilleur des mondes? Non, évidemment, faut faire des compromis pour que tout ça tienne et fonctionne.

Mais la plus grande surprise, si on veut pousser égal, est venue de l'annonce sur Facebook. Ça fait des années qu'on se fait dire que le réseau social est en train de tuer une industrie et qu'il fiche vos informations (j'y reviens plus loin), les vend et les utilise.

Utiliser Facebook, malgré toutes ses bontés utilitaires, est une soumission hallucinante au méchant pouvoir qui nous empêche de nous transformer en bon et grand citoyen responsable, comme certains peuvent le rêver.

Mais quand on le dilue dans une masse, comme les citoyens qui habitent une ville, ça devient acceptable, semble-t-il, et ça divise le problème en particules si petites qu'elles sont difficiles à voir. Ça prend toutes sortes de monde pour faire un monde, pas juste des vertueux. Et ça prend aussi des gars comme l'ex-maire d'arrondissement pour sonner des alarmes. Même s'il est trop tard. Même si on est trop cons pour changer. Alors on va attendre les urgences, tranquillement, dans les compromis.

Encore une parenthèse. Je n'ai jamais été, ne serait-ce qu'une seule seconde, sur un réseau social. Pas de Facebook, Twitter ou Instagram. Jamais. Est-ce à dire que je n'existe pas? Peut-être ne suis-je d'aucune utilité pour cette société? Toujours est-il que je plante des arbres, et que j'en coupe aussi pour me chauffer, avec une scie mécanique et du gaz. Avec un pick-up, je vais chercher les moulées et les fourrages pour nourrir les animaux que j'élève. Avec un tracteur, je fais des tas de compost pour engraisser le potager pour faire pousser des légumes dont je me nourris.

L'écart entre la ville et la campagne est un ravin, je vous l'ai dit? Et on a besoin de fous pour penser des ponts invisibles.

À moins d'un compromis, et à écouter l'ambiance, tout ce qu'il me reste pour faire partie du monde serait les réseaux sociaux et me faire livrer de la pizza bio avec un char électrique? *No way*. La technologie ne le permet pas encore. Et manger de l'air ne fait pas rêver.

Suis conscient des efforts à faire. Tiens, en passant et pour rebrasser un peu le tas de fumier, j'ai participé à un autre effort du Pacte pour la transition, qui sera rendu public cette semaine, *checkez* vos réseaux sociaux!

Cent fois sur le métier, on dit. Le maire radical a un peu démissionné et il a beaucoup raison.

Toute la patente est une affaire de compromis. Faudrait l'assumer. Vaut mieux ramer à contre-courant avec des idées que de se laisser glisser, contemplatif, vers la chute.

On va finir ça avec une fable (du parc La Fontaine cette fois!!!) : même avec le meilleur râteau du monde, quand la terre n'est pas prête, ça ne sert à rien de piocher.

Il manque encore des catastrophes.

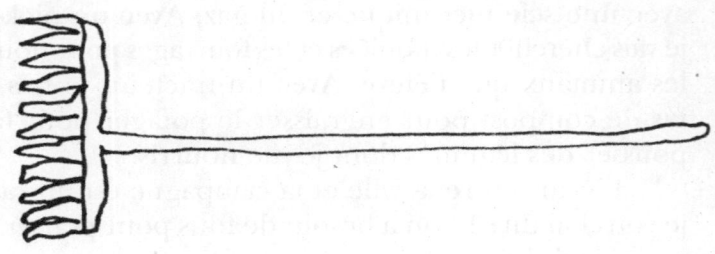

NITASSINAN

16 juin 2019

Je parcourais les infos cette semaine, avec un regard de travers. Il y aurait tant de choses à dire que c'est décourageant. Je dis ça sans déprime, un simple constat. Il a fait très chaud le week-end dernier. Juste assez pour « sauver » le potager et les champs. Ça y est, tout est levé. Même le maïs et le soya industriel. Suis sûr que les concombres seront en retard.

Quelques belles nouvelles, dont celle de la réintégration de l'agronome Louis Robert au sein du ministère de l'Agriculture. Parfois, on se réjouit que le gros bon sens ait encore une petite place dans nos cœurs cyniques! Saluons ce geste.

Et comme je n'avais rien à faire (hum… hum…), et que le potager suit son cycle, suis allé sur la Côte-Nord deux jours, à la pêche.

Comme la vie est faite de rêves et d'espoirs, vendredi matin c'était impossible d'aller sur la rivière, à cause du vent. J'en ai profité pour aller acheter des mouches à saumon et constater un peu l'état du monde autochtone chez les Innus de Maliotenam.

Je suis préoccupé par le territoire. Et suis fasciné par les gens qui habitent le leur.

Cela étant dit, Réginald Michel (un Innu) fait les plus belles mouches au monde. Un artiste. J'en ai profité pour jaser un peu de leur situation.

Je sais que c'est un sujet sensible, les Indiens. À tort et à raison. Mais ça m'émeut toujours autant.

Réginald veut sauver la ressource (les saumons de la rivière Moisie) parce que les saumons de la Côte-Nord ont nourri les Innus depuis toujours. Alors il donne des ateliers, et milite contre les filets de sa communauté qui «seinent» (pêcher avec des engins) le milieu de la rivière. Évidemment, ça crée des frictions à l'interne. Pour les ancêtres, le saumon était harponné. Les filets sont apparus après la Conquête; c'est un outil blanc, adapté par les autochtones. Et les temps changent.

— C'est l'économie qui mène le monde, la loi de la Nature a été sacrifiée, et ça donne ça.

«Ça», c'est une décroissance et une perte de repères, qu'il faut gérer tant bien que mal. Et pour lui, ça passe par des gestes simples; il veut éduquer les femmes et les enfants à la pêche sportive et au respect de la ressource :

— Parce que les femmes vont dire à leurs frères et leurs maris que les filets illégaux n'aident personne.

Le problème est profond. On sent beaucoup d'humanité et de déchirements dans cette transition, surtout à l'interne, dans la réserve. Les Innus revendiquent le territoire (à tort ou à raison, je le rappelle). Leur pêche, aussi réglementée (mais sans grande insistance), est une pêche de subsistance. Et tout le monde, dans un idéal de gros bon sens, pas seulement les Premières Nations, devrait avoir le droit de prélever du gibier, des poissons, des crustacés, des fruits de mer, pour se nourrir. Mais c'est autrement. Faut faire avec.

Les Blancs chialent, les Innus se braquent. Personne ne s'entend. Personne ne se parle vraiment.

Je lui ai demandé s'il sentait une volonté des gouvernements d'améliorer les relations. Réginald n'est pas un gérant d'estrade, c'est un homme autour de 60 ans, éloquent, et il a clairement réfléchi à la situation.

— Non, il ne se passe rien, à part de l'argent distribué ici et là par Hydro-Québec, mais les gens vivent encore de l'aide sociale ici. Et on continue de transmettre, et d'entretenir les douleurs et les sévices à nos enfants depuis des générations. Tout ça continue de se transmettre.

Maliotenam, le village innu, avait un pensionnat dans le village. Les enfants étaient séparés de leurs familles, qui vivaient à une, deux ou trois rues de là.

— Vous étiez coupés d'eux par quelques mètres ?

— Oui, je pense qu'on voulait tuer l'Indien en nous en nous enfermant, loin de nos parents. Ils changeaient aussi nos noms.

— Penses-tu que tu vas un jour pouvoir passer à autre chose ?

— Non, on a été dépossédés.

Le problème de dépossession est fondamental. Pas juste pour les Indiens. Je fais le tour des réserves et villages autochtones depuis des années (ils n'aiment pas le mot réserve parce que ça connote un enclos pour animaux), et ce sont les racines que notre beau grand monde libre sacrifie. Partout. Jusqu'à piller la nature de ses droits.

Tout ça a des conséquences. L'histoire de nos Indiens n'est qu'une alarme de plus ; on s'essouche. Alors on gaspille, on consomme, on pollue.

Évidemment, la classe politique ne racontera que les belles choses. Quand il y en a quelques-unes, ici et là, on sort la parade. Mais aller voir les citoyens autochtones et leur demander qu'ils racontent leurs vérités. Ça permettrait d'avancer un peu.

Il m'a aussi raconté que le gouvernement fédéral « rachète » la carte autochtone ; c'est-à-dire leurs droits. Pour 33 000 piasses, un Indien pourrait vendre son « identité » au gouvernement et renoncer à ses droits et privilèges. Ça s'est mis à *spinner* dans ma tête.

Réginald demeure optimiste. Il veut qu'on se parle et qu'on s'écoute. Parce qu'il croit que personne n'entend l'autre en ce moment. On entretient beaucoup la haine de l'autre. Des deux côtés. Il y a des mauvais réflexes de chaque bord. Rien n'avance.

Nitassinan, ça veut dire « notre terre » en innu. C'est aussi le nom du territoire de la Côte-Nord. Je ne suis pas un militant, et je ne veux pas sauver le monde des Indiens. Mais j'ai beaucoup d'admiration pour les gens qui ont vécu, survécu, et occupé le territoire qu'ils ont choisi.

— Réginald, c'est quoi l'avenir d'un Autochtone aujourd'hui?

Il a fait une longue pause, plusieurs secondes, avant de dire que c'était une bonne question.

Et il n'a jamais répondu.

Il va m'envoyer mes mouches quelque part à l'automne.

***

Bon, je retourne me mettre les mains dans la terre. Et faire quelques patentes d'artiste pour quelques semaines. Vous souhaite un bel été.

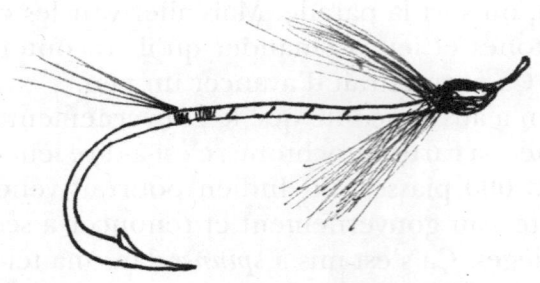

CHER PÈRE NOËL

15 décembre 2019

Un matin, c'est tout blanc, le lendemain, c'est brun. Heureusement, le couvert de neige a fondu et le sol a gelé.

C'est important que la terre gèle, pour se régénérer et repartir à zéro. Et quand il neige trop tôt, ça fait une couverture isolante qui freine ou ralentit le système. En général, ça se rattrape un jour ou l'autre, mais ce n'est pas idéal. Les cycles naturels s'autorégulent, eux, ils sont mieux foutus que nous. Le gel minéralise la terre et permet aussi de stopper certaines boucles végétatives. Et c'est bénéfique. Il y a encore ça de beau.

Dans la vraie de vraie réalité, quand le sol est gelé ou enneigé, c'est aussi mieux pour le traîneau du père Noël. Ce n'est pas joli quand il se pose dans la bouette. Il laisse des traces dans la maison avec ses bottes sales, les patins de sa *sleigh* s'enlisent, pis les rennes forcent pour redécoller ; ça prend plus d'énergie, alors ils mangent davantage et chient encore plus et ça augmente le méthane et l'empreinte carbone et Greta va redire : *How deer you ?*

Je souris ici, mais force est d'admettre que toutte est dans toutte.

J'aurais aimé, parce que c'est bientôt Noël, raconter une histoire touchante avec des enfants, de la magie ou un beau chien pour faire fléchir les sentiments et s'émouvoir quelques minutes. On verra plus bas s'il reste de la place.

Mais d'abord.

Pour différentes raisons, j'ai dû créer et ouvrir plusieurs comptes gouvernementaux et institutionnels cette dernière semaine (genre cliqSÉQUR, Agence du revenu du Canada, Homeland Security aux É.-U., services bancaires...). Ça donne envie de grogner et de japper des mots sacrés. Perdu des heures. J'imagine certaines personnes, comme des aînés ou des gens défavorisés, et ça me donne le vertige. Pourquoi on est rendus là déjà ?

Il m'a fallu respirer des grands coups d'air frais. Une chance qu'il a fait frette certains matins. Est-on naïfs d'espérer que ce soit simple ou facile un jour ? Est-il trop tard pour cesser d'être cons ? C'est sur la liste de cadeaux que je souhaite.

J'ai maintenant six ou sept comptes différents, j'oublie le nombre. Et autant de mots de passe avec au moins huit caractères et une t... de majuscule et une c... de minuscule. Non, je ne suis pas un robot. Non, je ne suis pas un robot...

Quelqu'un sait où et quand on l'a échappé ? S.V.P. Je vais marier cette personne à Vegas. Homme, femme, gorille, mollusque, fantôme, fée des glaces.

Je sais, les Fêtes sont dans le tournant. Justement. C'est possible, vous croyez, que le père Noël nous aide à être moins cons ? J'envisage sérieusement d'aller dans un centre commercial et de le lui demander. Pour de vrai. Sa réponse vaudra toutes les autres, non ?

J'ai croisé, presque par hasard, Michael Sabia cette semaine. Juste croisé. Ne lui ai pas parlé, j'étais intimidé. J'aurais dû, parce qu'il a dit un truc, il y a deux semaines, qui continue de me hanter. C'était dans son discours-testament en quittant la Caisse de dépôt et placement. Y a André Dubuc qui en a parlé un peu, dans ces pages, et c'est passé trop rapidement sous le radar.

M. Sabia a dit (je cite) : « ... les gouvernements sont de moins en moins capables d'agir efficacement sur plusieurs questions urgentes. Le monde bouge trop vite. Plusieurs gouvernements n'arrivent pas à répondre aux besoins assez rapidement. »

Mettons que c'est un père de famille à l'aréna le samedi matin, ou la caissière à l'épicerie du village, ou Mike Ward (hé... hé...) qui nous dit ça. On va rouler les yeux et se dire : « Bin oui, on le sait. » Mais quand c'est le patron d'une grande église prospère comme la CDPQ, on est en droit de s'inquiéter solide.

Que faut-il faire? Parce que les inactions et les aberrations sociétales semblent découler de ce fait. Le monde change. Nous n'attaquons pas les problèmes avec assez de décence. Qu'ils soient sociaux (pauvreté, santé, justice...), de culture, d'immigration, d'économie ou environnementaux, le monsieur de la Caisse semble dire que les gouvernements ne parviendront pas à rétablir la situation.

On continue de faire de la politique avec des réflexes archaïques de promesses à court terme et de partisanerie pendant que la parade passe. Je ne blâme pas ici un gouvernement ou un autre, ou ses allégeances. Je pointe le système, notre système, qui semble voué à faillir. Et c'est inquiétant. Surtout en période de réjouissances!

Vous jure que je vais bientôt m'en remettre au père Noël. Peut-être vaudrait-il mieux. Ne reste que trois options : on augmente les impôts pour avoir des gouvernements plus efficaces. On privatise l'État ou une de ses parties. Ou on laisse aller les choses comme elles sont et on arrête de se plaindre de ses dérives naturelles en perdant notre efficacité dans le labyrinthe administratif; celui qui dilue le gros bon sens.

Bon, chose promise, chose due. En mai dernier, j'avais raconté, ici, l'histoire de mon chien Mira. Famille d'accueil, après un an, on l'avait rendu à l'organisme pour son entraînement.

Mon chien, qui est devenu celui d'une personne non voyante, est parti vivre avec elle la semaine dernière. On est allés le voir, lui, et la rencontrer, elle, il y a deux semaines. Six mois plus tard.

C'était exactement comme si on s'était laissés le matin. Le même chien, les mêmes câlins, les mêmes jeux, le même regard, la même odeur.

Quel privilège de l'avoir revu. Mon chien. Mais en mieux. Parce qu'il sera les yeux et l'assistance quotidienne d'une femme qui en a besoin. Il est devenu un cadeau de Noël à l'année.

Parfois, je me dis qu'on avance comme des non-voyants dans un environnement qu'on ne connaît pas. Et on manque de chiens. Et de pères Noël. Et de mères Noël.

On a passé une heure et demie avec celui qui avait été notre chien. J'ai été fort. Le monde ne s'est embrouillé que vers la fin. J'ai été fort et fier. Je ne parle pas des larmes essuyées dans son poil et sur mes manches, mais de l'espoir et de la vie que j'ai vus dans les yeux d'une aveugle.

Joyeuses Fêtes. S.V.P., embrassez ou faites un câlin à quelqu'un que vous aimez. Et enlevez vos bottes en entrant. Surtout si l'hiver est toujours hésitant. On se revoit en janvier.

Deuxième partie
Chroniques d'un confinement

Auto Portrait en Goya

LE FEU

20 mars 2020

Il faut tailler les arbres fruitiers pour qu'ils produisent. Autrement ils redeviennent sauvages. Ça doit se faire avant leur réveil et avant que la sève circule. Normalement, c'est lors d'une journée de février, où les heures sont plus lentes qu'à l'habitude. J'entre dans la *shed* et je cherche les sécateurs à travers le fouillis des outils. Me surprends de les retrouver au même endroit chaque année. Doit exister un ordre qui m'échappe.

Le monde végétal qu'on a domestiqué redevient sauvage si on le laisse aller. Ne jamais l'oublier, je me répète souvent.

L'été, on le fait avec les « gourmands » des plants de tomates. Ou avec la fleur de l'ail. Ça permet à la plante de concentrer ses forces vers les fruits ou les tubercules.

Avant-hier, c'était cette corvée. J'ai demandé aux enfants de m'aider. C'était gris et il pleuvait. En réalité, ce n'était pas une demande, mais un ordre autoritaire :

— On s'en va travailler dehors.
— Mais il pleut.
— Ouin, pis ?
— T'es un monstre, une a dit en souriant.

Me suis dit tant qu'à faire, on va faire du monde. Je sais que ce n'est pas une activité inscrite au plus haut de la liste.

Pour les grands arbres fruitiers, avant la fin de l'hiver, c'est un vieux monsieur qui m'avait montré : « Faut enlever ce qui monte au ciel et ce qui pousse vers l'intérieur de l'arbre. » C'est d'ailleurs ce que j'ai répondu aux enfants lorsqu'ils ont demandé comment couper. Chaque printemps, c'est le même rituel. Cette année encore. Vignes, pommiers, prunier, cerisier, poiriers. On fait le tour des arbres, je taille, et ils ramassent les branches, qu'on empile dans le *bucket* du tracteur. Après, on fait un feu avec les broussailles. Le feu rameute un naturel humain. Depuis la nuit des temps.

Un moment donné, les bouts de bois se sont transformés en épées, pour des combats. Et en baguette magique aussi, comme dans Harry Potter ; on s'est lancé des sorts.

Plus tard, après la magie, tandis que je surveillais les flammes et rajoutais du bois mort trouvé ici et là à la suite des grands vents de la semaine dernière, il y en avait partout, je suis revenu au feu, et les enfants avaient tous une longue branche dans les mains avec une guimauve piquée au bout. Comme en été.

J'ignore comment ils ont fait. Vite comme l'éclair. Le sac était là.

Vous êtes des monstres de manger des *marshmallows* un matin de mars, sous la pluie.

Dans le fond, je pensais le contraire.

UNE JOURNÉE COMME UNE AUTRE

24 mars 2020

Moins 11, dimanche matin. Ciel bleu, sec et clair. Du givre sur la pelouse et la voiture. Vision d'automne. Avoir le temps d'y penser surtout.

Fixer le voyant lumineux et attendre que la machine à café me dise qu'elle est prête. J'ai ouvert la télé et j'ai regardé les actualités à peine quelques minutes, juste le temps d'en être encore saturé. Le sevrage est commencé. Je n'en peux plus. Faudrait qu'on se donne la main et qu'on parle d'autre chose, en même temps.

Suis allé reconduire la plus vieille à l'épicerie du village pour le travail. Personne sur les routes. Personne dans les rues.

Au retour, suis allé couper et fendre du bois. Se défouler. Ça va mieux, on dirait, quand c'est par le corps qu'on sublime. Faire passer par des tâches physiques. En faisant davantage de pauses qu'en temps normal. Ne pas trop suer, à moins 10, « pour ne pas pogner la grippe » (y a encore des gens qui croient que c'est le froid qui rend malade). Peut-être faudrait-il qu'on répète encore certaines consignes quelques milliards de fois de plus.

C'était encore l'hiver. Les trous d'eau de la veille – fonte et pluie – étaient tous gelés.

De temps en temps, un enfant se pointe et vient aider, pour le bois. On embarque ça dans un *trailer* et on le corde à la maison. Tout ce qui est fait ce printemps sera une avance prise sur l'automne à venir. Si jamais il y en a un. (Je souris ici.)

— Ça va finir quand, tu penses ?
C'est le plus jeune qui demande.
— Probablement quand il va y avoir un vaccin. Ou quand on sera épuisés morts d'en parler.

En dedans, je me suis surpris à penser que j'aimais profondément ce confinement. Mis à part les dommages humains, je n'y vois que des beautés : avoir du temps, lire, dormir, écouter les autres, parfois se faire entendre. Repenser momentanément le système. Et soustraire un peu d'illusions inutiles à ce qu'on est.

Je lis beaucoup de poésie. Tous les jours. Allez dans les librairies, ou commandez en ligne, câline. Tenir un livre est un geste de grande résistance, mais pour un livre, ça vaut la peine de risquer sa vie et celle des autres (!!!). Maude Veilleux, Jonathan Lamy, Simon Painchaud, Sarah Brunet Dragon, Virginie Chaloux-Gendron, Odile-Marie Tremblay...

Je répète : j'aime beaucoup cet isolement. A-t-on le droit de le dire ?

L'ail est pointé dans le potager. Les roches ont poussé aussi cet hiver ; le gel les a fait sortir de la terre. Va falloir les ramasser, une autre corvée heureuse et silencieuse, pleine de poésie.

J'oubliais, le plus beau dans cette journée froide : j'ai brisé, en sautant à pieds joints, toutes les glaces des trous d'eau avant les enfants ce matin-là. Gna, gna...

ÇA ROULE, LES POULES

26 mars 2020

Un peu de balai sur la galerie et du ramassage d'eau d'érable hier. Et nourrir les oiseaux. Les sauvages comme les domestiques. D'ailleurs, les poules ont fière allure ce printemps. Toutes belles, en plumes neuves. Elles ont recommencé à pondre. Inconscientes de leur valeur.

Pour ceux qui l'ignorent, dans un système à peu près normal, elles ralentissent et cessent de faire des œufs lorsque la lumière disparaît fin novembre. Jusqu'au printemps. Dans la vraie de vraie nature, les oiseaux sauvages (les femelles, on s'entend) ne pondent qu'au printemps. L'ovulation (un œuf) est déclenchée par la lumière. Pour faire les coquilles, elles mangent du sable – de la silice, du calcium –, et les œufs apparaissent dans le nid. Pour avoir des petits, Monsieur Oiseau fait ce qu'il doit faire chaque fois qu'un œuf se prépare à sortir. Dans le cas des poules pondeuses, et le monde qu'on connaît, on trafique un peu la patente en leur donnant une moulée de ponte (avec minéraux et parfois un peu de poudre de perlimpinpin). Comme ça, tout le monde peut avoir une douzaine d'œufs dans son frigo, et le monsieur de la Santé publique peut cuisiner des tartelettes portugaises le week-end pour rester à flots en attendant que la fin du monde soit finie.

Parenthèse : c'est aussi dans les œufs de poules qu'on développe les vaccins de la grippe (influenza). Quelque 360 000 œufs par jour pendant la saison de production des vaccins. Par jour!!! Un peu long à expliquer, mais c'est comme ça. Allez lire, c'est fascinant. Peut-être que le vaccin qu'on attend tous viendra aussi des poulaillers. On pense à elles.

On revient. Quand j'entre dans le poulailler, toutes les fois, je demande : ça roule, les poules ? Elles n'en font pas de cas, mais elles sont contentes, parce que même s'il y a un monsieur poule (un coq), j'accorde le genre avec le nombre. Y a des autrices qui seraient heureuses de cette mise « au code ».

Imaginez si on avait permis d'avoir des poules dans tous les quartiers urbains des grandes villes. J'espère qu'on y pensera quand on reviendra du bout du monde.

Parce que hormis les vaccins, les œufs servent aussi à faire un million de choses. Entre autres : des omelettes, des gâteaux, des œufs dans le sirop, des meringues (beurk) et des poussins.

J'ai commencé à voler les œufs des poules couveuses hier. Comme tous les printemps. Pour les mettre dans l'incubateur. Une couveuse, c'est une poule qui couve les œufs. Une sur douze à peu près. Comme partout ailleurs, y en a des meilleures que d'autres. Et y en a même une cinglée qui me picosse et crie quand je la tasse pour prendre les œufs sur lesquels elle est assise. « Eille la cocotte, merci », je dis.

Comme ça, depuis 2004, c'est la même race, que je perpétue. Une trentaine de Chantecler. De temps en temps, faut mélanger les sangs avec une ou deux nouvelles poules de la même famille, mais d'une autre souche, venues d'ailleurs. Un peu comme un virus, mais dans le bon sens. Une sorte de science évidente et utile.

Hier matin, c'est les enfants qui ont rapporté les œufs, et y en a plusieurs qui n'iront pas dans l'incubateur. L'envie de vivre l'a emporté sur la survie. C'est bon signe, non ?

Tout cela pour dire que, ce printemps, c'est bon en t… des œufs brouillés ou au plat. De grâce, pas avec de l'huile d'olive. Avec du beurre.

LES ÉCALES

28 mars 2020

Il a fait un temps pour se mettre de la crème solaire. Le sol dégèle, une bouette pas possible sur les chemins de la forêt. Le plus jeune a trébuché en ramassant des chaudières et s'est beurré solide. Il a trouvé un petit ruisseau et s'est lavé. Pour continuer comme si de rien n'était.

Hier, après l'épisode de boue, je faisais bouillir tranquillement avec lui. En mangeant des pistaches en écales, qu'on prend le temps d'ouvrir une à une, telles des secondes qu'on découvre, pour ensuite les lancer dans le trou du feu sous l'évaporateur. Un mélange de basket et de pétanque ; on compte les points et on imagine que c'est les Canadiens en finale de la Coupe Stanley. On a aussi jasé un peu, puis on a rentré du bois pour chauffer le sirop. On s'est fait des échardes presque en même temps.

— Tu vas aller travailler à NYC bientôt ?
— Je pense pas, non. C'est pire là-bas.
— Moi, j'aime ça quand t'es ici.

J'aurais voulu lui dire, pour le rassurer, que ça va prendre des années avant que « comme avant » revienne. J'ai laissé couler le bonheur de ces secondes sans rien dire. Moi aussi, j'ai pensé.

Un premier maringouin, des mouches, des araignées. Et ça fait trois jours qu'un chien errant vient manger le suif des oiseaux.

Pas capable de l'attraper. Trop farouche. On s'obstine beaucoup à la maison ; certains pensent qu'il a un collier et d'autres, non. Il a les yeux doux. Le plus jeune a demandé si on pouvait le garder.

— Suis sûr qu'un beau chien comme ça appartient à un enfant qui doit s'ennuyer…

J'ai été fier, et surpris, de trouver les bons mots rapidement pour mettre fin à une situation de désir impossible.

Silence.

J'adore quand les grandes leçons sont déguisées en petites raisons.

Parce que, je le répète, j'aime beaucoup qu'on ait à repenser et réinventer les heures autrement depuis deux semaines. La résilience n'est pas seulement dans l'anxiété débile et maniacodépressive d'une économie malade et fragile (on vient de s'en rendre compte!) qu'on veut maintenir en vie comme si le sort du monde en dépendait. Elle est aussi dans les pogos.

Parce qu'on a fait un repas de pogos en rentrant de la cabane ce soir-là. Une demande de la plus jeune des filles, qui n'en avait jamais mangé. Avec des tests de saveurs, comme à la tivi, pour savoir si c'était meilleur avec du ketchup, de la moutarde jaune ou de la mayonnaise. Ça faisait plusieurs décennies que je n'en avais pas mangé. Le résultat est surprenant, on s'en doute : c'est génial avec tout…

Demain, on retourne faire bouillir. On va continuer de s'inventer autrement. Je n'ai pas peur ; il y aura encore un sac de pistaches entre nous.

L'ARCHE DE NOÉ

30 mars 2020

Une paresse d'un dimanche de déluge. Le bruit de la pluie comme un mantra précipité. Y aura encore moins de gens dehors. Les sucres achèvent. Sont finis, ici, dans le sud de la province. Va falloir trouver un autre métier.

Y a une liste de choses à faire, heureusement. Comme réparer la clôture des cochons.

Chacun son métier et les cochons seront bien gardés. Un piquet de cèdre enfoncé tous les 10 pieds (pas ces temps-ci, c'est gelé) et une clôture de broche. Faire en sorte qu'elle soit assez basse pour ne pas que les porcelets passent en dessous. Mettre des roches pour bloquer. Redresser l'auge…

Un saut dans le temps, comme une pause. On reviendra aux cochons plus bas.

J'avais fait des courses la semaine dernière avant que les commerces ne ferment. Provisions de pinceaux, de crayons et de tubes de peinture. On ne sait jamais. Me fous un peu du papier cul. Ce n'est pas ça la priorité. Vais arrêter d'aller aux toilettes avant de cesser de peindre. On a la foi qu'on peut. La mienne prend sa source dans l'imaginaire. C'est un peu ma *job*.

Suis passé devant l'église du village. Fermée aussi. Comme les autres. À la télé, j'ai vu le pape, seul sur la place Saint-Pierre. Ici, une seule voiture au presbytère, celle du curé. Un capucin. On s'est liés un peu, père Lanthier et moi, il y a quelques années, à cause d'un passé commun. Il doit avoir 90 ans. Ou sur le bord de les avoir.

J'ai voulu aller lui parler. Dire bonjour. Et sans aucune méchanceté ni cynisme, lui demander si la foi pouvait aider dans une situation comme celle qu'on vit.

Me suis dit que tant qu'à lire et entendre le nombre hallucinant de journalistes et de gens des médias montés en chaire et qui sont devenus prédicateurs, philosophes, psychologues et « explicateurs » du monde, autant demander l'avis d'un prêtre.

Me semble que ce serait un bon moment pour que le petit Jésus revienne, non ? Avec un masque, on s'entend. Et ses amis aussi : Mahomet et Allah, Bouddha, Yahvé pis toute la gang. On a besoin d'aide, les *chums*.

Parlant d'aide, du moins pour comprendre un peu, jeudi dernier, au *Téléjournal* de Radio-Canada, j'ai sauté au plafond. Il y avait Boucar Diouf (biologiste de formation) qui expliquait au chef d'antenne, par FaceTime, que l'océan regorgeait de virus. Et que dans l'océan (je répète ici le mot océan), certains virus (parmi plusieurs milliards) pouvaient parfois servir à rééquilibrer le système en s'attaquant aux abuseurs et aux méchants. Toujours dans la mer.

Six minutes d'informations pertinentes et scientifiques sur « à quoi servent les virus » jusqu'au moment où le chef d'antenne, pour conclure le segment, se met à philosopher et faire un amalgame hallucinant, celui qui nous préoccupe comme si ce dernier avait une fonction d'équilibre naturel pour la planète. Comme si c'était une forme de régulation, morale en plus. La planète nous parle. *Come on.*

Me suis pincé fort. J'ai regardé l'extrait deux fois sur le Web pour être certain. Rigueur, disait un autre chef d'antenne. La fonction du métier d'information journalistique est aussi d'informer justement, de temps en temps.

Et l'arche de Noé, c'était vrai ? La Terre est plate, on le sait tous. Qu'aurait-on dit au temps de Sodome et

Gomorrhe – villes victimes de la colère divine parce que les mœurs étaient dépravées ? Et la grippe espagnole, c'était pour se débarrasser de qui, déjà ? Les vues sont parfois un peu courtes. Demandez aux cochons : leur clôture est toujours embarrassante, mais tant qu'ils ont de la nourriture et de l'eau, ils sont heureux et ne la voient pas.

Tout cela – on se rappelle l'expression « chacun son métier et les cochons seront bien gardés » – pour vous dire que je me fous aussi pas mal de l'opinion « imaginaire » du chef d'antenne de Radio-Canada (ce n'est pas le but de ce texte), mais de grâce, vous en supplie à genoux : laissez aux artistes le manque de rigueur, les fabulations, les leçons de morale, le divertissement et les suppositions. C'est tout. Ce sont nos repères à nous. J'ai un grand sourire ici.

Il pleuvait à siaux hier. Suis revenu à la cabane et suis retourné au village. J'ai sonné et laissé un demi-gallon de sirop frais sur le perron du presbytère.

J'étais rendu à la voiture quand le père Lanthier est sorti crier merci. Suis revenu, on a jasé de tout et de rien. Sous la pluie. Et du temps qui passe.

Au retour, j'ai fait l'inventaire du bois qu'il restait dans la *shed*, question de voir s'il y en a assez pour construire un radeau.

REVENIR AU GALOP

1er avril 2020

Une autoroute presque déserte. Quelques poids lourds ici et là. Direction sud, vers la frontière. Lundi. J'étais la seule voiture « civile » pendant des dizaines de kilomètres.

Je venais de quitter Montréal. Là où ça ressemblait davantage à un dimanche matin. Davantage de circulation que ce que j'avais imaginé. Je regarde le nom des entreprises sur les camions ; je tente de deviner ce qu'ils transportent. Pour qui.

Au coin de la 15, à un jet de pierre de la douane, l'essence est à 69 cennes le litre. Une filée de voitures au service à l'auto du Tim Hortons. Le pouvoir des beignes.

Il y a quelques semaines, au commencement, la totalité des actualités traitaient du même sujet. Petit à petit – depuis quelques jours – quelques textes et reportages sans lien avec le virus ont commencé à s'immiscer dans les médias. Un peu de culture, des témoignages, soudainement quelques flèches au monsieur de la Santé publique, des reportages « pipoles », on parle aussi de la suite du monde...

L'offre s'est diversifiée. On a recommencé à chialer un peu. Et ça, c'est un signe que ça va mieux.

Le niveau d'angoisse a changé ses codes. On a aussi compris, il me semble – et je le dis sans malaise –, que la prise de conscience sociale est un peu beaucoup liée à l'idée qu'on se fait des aînés. On vient de comprendre que c'est pour eux qu'on s'est arrêtés.

La cabane à sucre est fermée. Tout est décroché et lavé. J'ai donné du foin aux chevaux hier. Leur ai demandé comment ça allait. « Tout roule, ils ont dit, toi ? »

Ça va. J'arrive de chez Globule. Suis allé donner du sang aujourd'hui. La réceptionniste, en se lavant les mains une millième fois dans sa journée, venait de crier que c'était mon 15e don. Dans des circonstances normales, j'aurais fait semblant d'être aussi heureux qu'elle, mais je ne compte pas, suis certain qu'elle en mettait un peu. Et surtout, c'est que le monsieur qui venait de passer avant moi en était à son 150e, lui.

Pendant que le sang coulait, et qu'il pleuvait dehors, je regardais une télé au mur, ça ne me tentait pas de jaser. Une *game* de baseball. L'infirmière qui me surveillait a demandé si le sport était revenu. Non, c'est une reprise d'un match de la Série mondiale entre Toronto et Atlanta, en 1992. Il est temps que la vie reprenne, ou du moins fasse semblant.

Je voudrais par ailleurs présenter des excuses à la personne qui recevra mon sang d'hier ; j'étais profondément ennuyé par la reprise de sport.

Autrement, toutte va ben aller ; alimentation colorée, un peu d'exercice physique, pis je bois juste assez pour rester lucide.

Les chevaux m'ont écouté leur raconter ma journée en ville, paisibles et patients, en mangeant leur foin. Leur ai aussi dit qu'on voyait une belle solidarité. Partout. D'ailleurs, les policiers qui ont fait sonner leurs sirènes autour du CHUM pour saluer les travailleurs de la santé m'ont beaucoup ému. Mais il me manquait une chopine de sang. Je vous rappelle que je parle à voix haute aux chevaux, à qui je finis par dire, un peu amoché par deux verres de vin (l'effet euphorique de l'alcool est plus rapide après un don de sang) :

— On dirait que les gens veulent changer.

J'ai dit ça avec un doute.

Y a une des juments qui a relevé la tête de son foin et a dit :

— Demande-moi d'aller au fond du paddock.

J'ai dit :

— Pourquoi ?

— Laisse faire, envoye.

Lui ai dit, en pointant le fond du champ :

— Va-t'en là-bas, ma belle cheval.

Et c'est ce qu'elle a fait, à la marche. Brave bête, me suis dit. D'habitude sont plus têtues. Elle est restée là, seule, quelques minutes à me regarder, l'ai trouvée touchante. Puis elle est revenue au galop à la balle de foin. Chassez le naturel...

Ne pas trop se tourner le sang. La nature va reprendre ses droits bien assez tôt.

Vais aussi tenter de me rendre à 150 dons. On en aura toujours besoin.

LA BÂCHE

5 avril 2020

C'est encore frais à l'extérieur. C'est avril. Un jour il fait soleil, le lendemain il pleut. Un mois à finir. Après y aura mai, un autre mois qui sera heureux quand on en parlera au passé cette année.

Des trucs sur le terrain hier. En regardant sous les bâches d'hivernage, on voit que la vie tient encore à ses droits.

Les tulipes, pivoines, iris sauvages percent déjà la terre. Les bourgeons des lilas et autres vivaces se sont réveillés. Ça continue. Y aura ça de volé d'un côté. Car à regarder de trop près, il y a des bâches humaines où c'est moins beau : on découvre que ça joue d'hommeries à certains endroits (détournement de matériel, pressions politiques...). On est trop heureux de claironner les beautés solidaires des temps troubles, et de vouloir taire ses horreurs. Mais elles persistent.

Une mère qui me dit qu'elle ne trouve pas d'œufs dans les épiceries. « Laisse-moi finir de ramasser ceux pour faire les poussins, et je viendrai t'en porter demain ou après-demain maman, promis. »

M'est revenu à l'esprit qu'il y a quelques semaines on se demandait comment réconcilier l'idée alimentaire. Des camps contraires s'opposaient, à coups d'éclats et de manifestations. Évidemment, les enjeux – et conflits – vont reprendre quand l'angoisse des corps sera apaisée.

Le véritable combat de l'alimentation n'est pas de savoir si on doit se nourrir d'idéologies (végétarienne, végane, omnivore ou autres…), mais bien de viser à se nourrir soi-même. Il semble là, le défi de l'avenir alimentaire.

On l'a en pleine face depuis quelques semaines. Quand on aura appris à se nourrir soi-même, les guerres d'idées seront obsolètes. Et ça commence au cas par cas. Chez soi. Faire son pain, cultiver quelques légumes, et s'autoriser ces accès.

Mais je ne suis pas ici pour l'éditorial, c'est dimanche. Suis ici pour raconter qu'on a commencé à «embarquer» dans les champs dans mon coin. La MRC s'appelle Les Jardins du Québec. Des milliers d'acres de terre noire à maraîchage. On a commencé à cultiver. On travaille déjà les champs les mieux drainés. Pour se nourrir. Va y avoir un manque de main-d'œuvre, mais c'est un autre problème. Là, on s'affaire à faire pousser la survie.

On l'oublie facilement : c'est encore l'agriculture qui nous nourrit. Les patates frites de la poutine viennent d'un champ. La farine aussi. Les pâtes à spaghetti viennent du blé. Le riz. Les hot-dogs *steamés* – et leurs saucisses – viennent aussi d'une ferme, quoi qu'on en dise.

Je regarde mon potager et j'y vois du temps. Une certaine liberté. J'espère ne pas avoir à le clôturer de barbelé électrique, et devoir le défendre contre des zombies! (Je souris ici.)

Parlant de zombies.

Vendredi, à Montréal. Sont partout sur les trottoirs. Comme les choux, en rangée, mais à bonne distance, aux arrêts d'autobus et dans les files interminables et silencieuses des épiceries et des pharmacies, et de la SAQ. Il y en avait beaucoup dans les rues aussi. Leurs yeux sombres que j'évite, pour ne pas être contaminé. Ils marchent seuls, parfois à deux. Sans sourire, en chuchotant. Me suis frayé un chemin – sans fixer leur regard – jusqu'au restaurant d'un ami qui fait des *take-out*. J'avais faim. Un bout de pain chaud qui sortait du four avec du fromage d'ici. Simple comme bonjour. C'était un miracle. Vous jure. Le même sentiment – le même sourire – de découvrir que la terre n'est pas morte et que les choses continuent.

Ce n'est pas d'un milliard de dessins d'arc-en-ciel qu'on a besoin, c'est de simples fleurs.

Ce serait bien que ce soit les fleuristes les premiers à rouvrir. Avec des files interminables de gens collés.

À L'ŒIL NU

7 avril 2020

Samedi soir. On avait oublié de fermer les portes du poulailler. Une nuit claire. Presque la pleine lune. Des milliards d'étoiles. On les a comptées.

Les poules sortent à l'air le jour. Dès que la lumière tombe, elles reviennent « à maison ». Et se perchent. Se « juquent », disent les vieux. C'est comme ça que les oiseaux dorment depuis que le monde est monde, au cas où. Parce que la majorité des dangers rampent au sol la nuit. Se jucher, pour se protéger.

On avait oublié, donc, de fermer les petites portes. C'est armé d'une lampe de poche que le plus jeune s'est habillé. Je l'ai accompagné.

Habillé n'est pas le mot juste. En ville, on aurait été arrêtés pour indécence ou internés. En plus de l'amende de distanciation.

C'est la pleine lune ce soir (mardi). Une super lune en plus (grosse et orange). Samedi, elle était presque ronde. On faisait des ombres au sol en marchant vers le poulailler. Le ciel avait l'air d'un arbre de Noël. Clair et limpide. Comme un tableau de bord avec un infini de voyants lumineux. Une soucoupe volante.

— *Check*, c'est une planète, j'ai dit à l'enfant.
— Comment ça ?
— Des fois, elles s'approchent de la Terre. Ça veut dire que demain, il va falloir planter les épinards.
— Comment ça ?
— C'est comme ça.

Pas besoin de cours d'astronomie ou d'astrologie, c'était évident. Toutes les raisons sont bonnes. Un jour, vais lui expliquer que les vraies choses sont autant dans les faits que dans les distances invisibles entre soi et soi.

On a fait quelques recherches et on a découvert que c'était Vénus. Visible pour quelques jours seulement, en début de soirée. Vénus qui est aussi – on l'a appris en cherchant – en Gémeaux jusqu'en août.

Vénus en Gémeaux, ça veut aussi dire que si on tempère ses fantasmes avec une bonne dose de réalité, on va s'en sortir.

Vous jure que c'est vrai. Me suis dit que semer des épinards, c'était une réalité comme une autre.

— T'en as vu souvent des planètes, papa ?

— Plein, chaque fois que je prends mon vaisseau spatial, j'en croise des milliers.

— Arrête de niaiser.

Il est à l'âge où ce serait encore possible si j'insistais un peu. Je vois le doute dans ses yeux lorsque je lui dis qu'il entrera à Poudlard (l'école des sorciers d'où Harry Potter a sauvé le monde) en septembre.

— Es-tu déjà allé sur Vénus ?

— Oui, une fois ou deux. Mais là, on ne peut pas, parce qu'on est confinés. C'est une belle planète, pis on va la protéger en restant ici. Vais t'emmener quand tout ça sera fini.

— T'as un vaisseau spatial ? il a dit incrédule.

— Oui, dans mon *storage* à l'atelier à New York. Pis quand tout ça sera fini, on va aller faire un tour.

Il reste quatre semaines. Juste assez de temps pour manger des épinards avant le 4 mai. Avec du beurre. Et aller dans l'espace avant la fin du printemps.

Les oiseaux, comme nous, vont continuer d'avoir peur la nuit. Il n'y aura pas beaucoup de différence entre le monde d'avant et celui d'après. Jetez un regard à la Lune ce soir, vous allez voir.

UNE HISTOIRE VÉCUE

9 avril 2020

La municipalité du canton demande qu'on vidange les fosses septiques au moins tous les deux ans.

Une fosse septique est un système sanitaire qui amasse et filtre un peu les eaux usées d'une installation humaine qui n'est pas reliée à des égouts. Pour la suite, âmes sensibles et romantiques s'abstenir.

Chaque année, le camion recule sur le terrain, et vient vidanger la fosse. Savons, graisses, excréments, papier de toilette. Une boue grise.

Dans l'ancien temps – le gars du *truck* me confirme à mots feutrés que c'est encore une pratique –, on y mettait aussi une poule morte de temps en temps. Dans notre belle époque moderne, évoluée et merveilleuse, on peut y incorporer des bactéries, vendues par l'industrie, pour faciliter le traitement des eaux corrompues.

Des vraies de vraies bactéries, qui fonctionnent en anaérobie. Non, elles ne font pas de cardio ou de yoga. C'est le contraire de l'aérobie : ça veut dire qu'elles peuvent vivre sans air. On s'imagine la scène.

C'est un liquide ou une poudre qu'on incorpore à partir d'une toilette, une ou deux fois par année, ou quand on voit des signes inquiétants du mauvais fonctionnement du système septique : débordements sur le terrain, renvois qui fonctionnent au ralenti, odeurs…

Ces bactéries ont comme tâche de manger et digérer les eaux grises et leurs solides pour qu'il ne reste – à la fin – que de l'eau. Genre : on repart à neuf. C'est miraculeux. Elles s'en donnent à cœur joie, heureuses d'avoir autant d'avenir.

* * *

Encore fait l'erreur de regarder et lire les actualités cette semaine, et d'écouter trop de gens. On vit un truc pas le *fun*. Tout va bien tant que ça reste à l'état des faits : on nous donne des consignes strictes, qu'on a répétées plusieurs fois, il me semble. On est aux prises avec un vrai problème. Le système de santé et les autorités font leur travail. Et pourtant.

Nulle part est-il prescrit de se faire des « accroires ».

Ça grince et ça fait sourire de lire et d'entendre toutes ces prophéties : plus rien ne sera jamais pareil, c'est le temps de changer. C'est une alarme de la planète, faut réagir. Le temps d'avant et celui d'après. Sérieux ? Le problème, c'est qu'il faut endiguer un virus, et on s'y affaire. Ce n'est pas la première fois, et ce ne sera pas la dernière.

On saurait enfin prendre les mesures pour améliorer l'avenir ? Le système de consommation et de croissance éternelle doit changer, entend-on. C'est évident, ça aussi on le dit et répète. On voulait un signe – comme d'autres ont souhaité les anges – et c'en serait un. Peut-on souhaiter un peu d'humilité dans ce vaccin à venir ?

Un signe évident ? Mais l'évidence n'a jamais été un gage ; c'est un droit de créance sur l'avenir. Que l'on oublie beaucoup. Tel un lendemain de veille. Avec des promesses vaines. Qui a bu boira.

* * *

On revient à la fosse septique. Ce n'est pas tant une fable ou une métaphore. L'histoire des bactéries qui suit est vraie.

Libre à vous d'y voir quelque chose : les bactéries sont heureuses de l'immensité de leur buffet. Tellement qu'elles se mettent à croire que tout ira bien jusqu'à l'infini.

Elles y croient. Et elles s'ajustent aussi, moins de merde, moins de reproduction. Et vice-versa. Puis un jour, quand elles ont terminé de digérer tout ce qu'il y avait à manger, elles commencent à se dévorer entre elles. Jusqu'à la dernière. Toutes les fois. Un beau matin, elle n'a plus rien pour survivre, et donc s'éteint. C'est leur nature. Dont on fait aussi partie. Avec une fin. Parfois avec un peu de conscience, mais c'est plutôt rare.

Shit happens, comme on dit. Science du vivant.

J'ai remis les couvercles sur la fosse. Y a encore de la place.

MÉLI-MÉLO

11 avril 2020

Encore des gelées le matin. Et de la neige entre les soleils. On dirait un vrai printemps. Depuis quelques années, on passait directement de l'hiver à l'été. Ça fait du bien de sentir le temps. Rien à voir avec le confinement. Au contraire.

Faut entretenir le poêle jour et nuit. L'affaire du frette n'est pas tout à fait classée. Les bourgeons sont pourtant sortis. Autant à Montréal qu'à la campagne. Entre les corvées de bois et les heures de lecture, je profite des journées laides et pluvieuses pour faire des feux de broussailles. Celui d'hier a été vu de Mars, on m'a dit. Un bûcher grand comme ça. J'aurais pu régler le cas de plusieurs sorcières. Parlant de sorcières, la pelle a disparu. Remplacée par un balai. Signe des temps ; on ne viendra jamais à bout de toutes les misères.

Après les épinards et les laitues – dehors en pleine terre –, c'est au tour de la camomille de prendre vie. Pour les tisanes d'automne.

La plus vieille des filles m'a demandé de lui couper les pointes. C'est pour dire qu'on est rendus loin dans la spirale. Fer plat, peigne, ciseaux. J'ai l'idée, quand la fin du monde sera terminée, d'ouvrir un service à domicile. En respectant les six pieds, évidemment.

D'ailleurs, si jamais ça devenait un projet de loi, la distanciation sociale, je serais partant. À longueur d'année. Je sais qu'un jour faudra recommencer à parler aux gens. Et faire des sourires. Écouter. Se croire.

S'embrasser. Et surtout, se venger du coup de cochon que le destin vient de nous faire. Pour les mains, ça fait des années que j'ai du Purell dans les poches. On s'est beaucoup moqué. La perception vient de changer; j'étais un visionnaire (hé... hé... on se valide comme on peut).

On continue avec les sorcières.

Un ami qui a perdu sa femme il y a quelques années: « On s'est mis à faire l'amour tous les jours, même pendant sa chimio. Pour envoyer promener la mort qui avançait vers elle. Lui voler ce qu'elle allait prendre. C'est resté comme un mantra. »

Un jour, par l'entremise de ma maman, j'ai rencontré un gars qui travaillait à l'Université de Montréal dans un laboratoire. Il était mathématicien, Ph. D. Il est venu à ma cabane à sucre un printemps.

On a jasé de ses trucs et il m'a dit qu'il était impossible d'éradiquer la vie sur Terre. Mathématiquement impossible.

L'information était à peu près passée sous le radar à l'époque. Néanmoins vraie. En partant de ça, on peut imaginer une suite, non? C'est certain que ça va bien aller, un moment donné. Des millénaires d'histoire nous l'ont déjà confirmé. Suffit que ça se passe sur notre *shift* de conscience pour être vrai.

Les enfants ont demandé un souper *fish & chips* hier. Un vrai, avec de l'huile. Il reste une grosse manne de patates de l'an dernier. Pour le poisson, j'ai sorti une ligne à pêche et suis allé au congélateur au sous-sol. Suis remonté avec un bar rayé. Le plus jeune a trouvé ça drôle. Les autres me trouvent con.

Quand la vie est pognée...

Je suis allé à Montréal cette semaine. Des gens qui courent dans les ruelles. D'autres qui marchent. Une mère avec une poussette. Un père qui joue au soccer avec sa fille sur le trottoir. Oui, il y a des files d'attente. On peut les voir, c'est facile. Mais aussi vu un couple se *frencher* à pleine face en pleine rue, sur le Plateau. Et même si on les envoie en prison ; impossible d'éradiquer la vie, le gars a dit. J'y repensais en écoutant à tue-tête les tounes de Canailles, en boucle, dans mon char. Un *band* québécois qui fait circuler le sang. Vais devenir sourd, mais c'est bon. Faut absolument écouter. Un ordre. Comme une mesure d'urgence sanitaire.

Le plus gros des feux n'aura pas réussi ; il restera des sorcières. Heureusement. J'en ai vu. Y en a une qui vole dans le ciel avec une pelle entre les jambes. Quand on cherche un peu, il n'y a pas que des manques. J'ai trouvé un Ziploc de Méli-mélo dans le fond de mon char. Moi qui pensais que plus rien ne pouvait aller mieux.

LA CHANDELEUR DES OISEAUX

13 avril 2020

Une longue marche dans la forêt. Les ruisseaux coulent. De la boue. Quand on regarde de près, on voit que ça bourgeonne. Des oiseaux partout. Et le carême s'est terminé hier.

Y a deux outardes qui, chaque année, font leur nid à côté d'un petit étang pas loin de la maison. Elles passent un mois à surveiller les alentours. Le jars (le monsieur) est très agressif. La dame, plus calme, sauf si on s'approche de ses œufs, couve le nid. Vingt-huit jours.

Les chenilles sont sorties. Le bois de chauffage de la prochaine année est presque terminé. J'espère qu'il fera frette l'hiver prochain. Les marmottes nous le diront bien un jour. J'imagine qu'il y aura d'autres saisons un moment donné. Plus tôt que tard, dit-on dans la forêt. J'y reviens plus bas.

Il y avait *Jésus de Nazareth* à la télé l'autre jour – en passant, pas sûr que ça passerait le test de l'appropriation culturelle… Au moment de l'annonce à Marie (dans le film), un raton laveur est venu s'empiffrer dans le bol des chats près de la porte. Me suis levé d'un trait pour le chasser.

Pile-poil quand Marie – la Vierge Marie – apprend d'un ange qu'elle est enceinte. L'ange s'appelait Gabriel. Qui en fait est un archange; un messager. Un gars avec des ailes. Qui est apparu dans la lumière pour lui parler.

C'est un signe, pour sûr, que le raton laveur arrive à ce moment : ça m'a calmé, parce que j'aurais sauté un plomb en tentant d'expliquer aux plus jeunes que c'était une histoire un peu louche, cette patente de virginité ; pour servir d'autres fins. D'ailleurs, pour ceux qui l'ignorent, la conception virginale (ça c'est quand une madame tombe enceinte sans qu'il y ait eu de boum-boum pow) a été inventée plus de trois siècles après la naissance et la mort de Jésus de Nazareth. Trois cents ans. Que dira-t-on de notre virus dans trois siècles ? Que ce n'était pas vrai ?

Et encore : pour ceux qui l'ignorent, les enfants ont déjà vu les chevaux, les poules, les cochons, les oiseaux, les chiens et les chats se reproduire.

Drôle d'affaire : il se trouve encore des gens pour croire que les idéologies qui nous gouvernent se seront cassées à la suite de cette pandémie.

Quand on est capable de croire à l'Immaculée Conception, le contraire d'une évidence, pendant 1700 ans, ce n'est pas un carême de virus de quelques mois qui va véritablement changer la religion de l'économie.

Toujours est-il qu'hier je marchais dans la forêt, à travers une chorale d'oiseaux, pour aller voir les talles d'ail des bois.

Les plantes d'ail sauvage sont sorties de terre. Il y en aura. Comme d'habitude. C'est toujours autour de la grande fin de semaine de mai. Sur le sentier du retour, un sourire au cœur (en pensant au Nouveau Monde qui vient de naître dans d'horribles contractions), à travers le vent dans les branches qui bardasse les nids, un geai bleu est apparu et m'a parlé. Me suis secoué la tête, incrédule, puis quelques minutes plus tard, une corneille aussi est apparue et a répété ce que le geai m'avait dit.

Deux fois plutôt qu'une : paraît que les grandes industries, les grands chantiers vont reprendre le travail le 20 avril ou quelques jours plus tard. Dans une semaine, donc. Graduellement, avec diligence et avec la santé comme priorité. L'économie, et ses bienfaits, fait partie de la santé mentale des gens, on le sait.

Et jusqu'ici, on doit se saluer, l'ordre social n'a pas été perturbé, même si on joue un peu au bon Dieu avec la nature et ses idées depuis des millénaires. Les oiseaux ont vu leur ombre. Il y aura une suite plus tôt que prévu. L'avenir est dans l'avenir, on le sait tous depuis les horreurs qu'on vient d'apprendre, pas dans les vieux et leur passé.

L'incubateur est parti depuis jeudi. Vingt et un jours plus tard, donc le 1er mai, il y aura des poussins. Pas même eu besoin d'ange pour ça. Ni pour trouver les chocolats des enfants. On avance comme on peut.

LES RATS

19 avril 2020

« L'amour ne se commande pas : n'aime point qui veut et le cœur ne se fixe pas toujours où il devrait. » Une citation d'Adrienne Maillet. Une romancière québécoise un peu beaucoup oubliée. Née en 1887.

Suis tombé sur un de ses livres, en faisant du ménage (comme on a le temps…). Pas vraiment du ménage ; ça ressemblait davantage à du délestage, mais toujours est-il que j'ai feuilleté le livre gris et humide, paru dans les années 1940.

L'automne dernier, il y avait un problème de rats au poulailler. Beaucoup de ces bestioles. À cause de la nourriture des poules et des cochons qui y est entreposée. Ils sentent ça de loin. Ils grugent les murs et les portes, et creusent des tunnels pour entrer.

Vendredi, j'ai appris, par un ami qui travaille dans ce domaine, que des gens qui n'ont pas besoin des PCU ou du programme de l'aide aux entreprises allaient s'en prévaloir « parce qu'ils se qualifient aux critères d'admissibilité ».

Sais pas pour vous, mais vu d'ici, les deux ordres de gouvernements se démènent comme des diables dans l'eau bénite et semblent faire un véritable travail utile, urgent et humanitaire. Dans un contexte d'urgence.

Pis reviennent des gens pour qui le gouvernement est un buffet.

Come on, les trous du cul. La situation actuelle n'est pas une injustice personnelle. Certains vont se prévaloir du système parce que c'est possible ; d'autres parce que rien ne l'interdit. D'autres encore, parce qu'ils en ont réellement besoin.

Au final, les personnes avec un véritable besoin recevront 2000 $ par mois. Et des gens aisés, avec des économies, des placements, des REER, des primes de pension, des rentes et autres bonis sociaux, recevront aussi 2000 $ par mois. Un autre, un médecin incorporé qui gagne dans les six chiffres élevés même en temps de crise, a déposé une demande pour l'aide aux entreprises. Il est admissible au prêt et l'obtiendra.

Ça chauffe dans le derrière, car ce sont de vraies situations qu'on m'a racontées (et j'épargne ici des professions pour ne pas nourrir, encore, la méfiance). Loin de l'idée de *stooler* ces gens, on se dit que le beau n'est jamais loin du laid.

Vite une camomille.

Pendant que les belles histoires s'offrent en parade à la tévé, l'écrapout et le malheur deviennent de la chair criante à médias. Et les plus laides continuent de ramper en silence à travers le système, à la tombée de la nuit, comme des rats.

Il n'y a personne, dans les services gouvernementaux, qui va traquer ces fraudeurs de morale. Autrefois, on disait que le jugement viendrait d'ailleurs : du ciel. Ou du karma.

Vous savez quoi ? Personne ne sera puni dans l'au-delà. Et encore moins dans le quotidien.

C'est le revers de toutes les médailles qu'on aime se décerner. Certains devraient se garder une petite gêne.

« Pourquoi faut-il que le beau cache souvent tant de laideurs ? » C'est encore d'Adrienne Maillet. Parce que c'est comme ça.

M'en vais mettre du gaz dans le rotoculteur. Faire du bruit. Forcer. Bêcher la terre. Faire diversion.

« Le travail, quelle belle chose ! S'il n'existait pas faudrait l'inventer, ne fût-ce que pour anesthésier les ennuis. » C'est encore une citation de la même autrice.

Et faudrait donner suite à une immoralité narcissique par des subventions au travail et aux entreprises dont certains vont abuser ? Toutte va ben aller, qu'on se répète. Oui, mais jamais.

Quand y a de la gêne, y a pas de plaisir.

Les rats sont disparus. Poison à rat. Mais faut entretenir le mal toute l'année. Parce qu'au moindre relâchement, ils reviennent manger la nourriture des autres.

SORTIR DE SOI

21 avril 2020

Une marche dans la forêt. Dans le silence. Des odeurs de terre mouillée. À la cime des arbres, on voit poindre du vert tendre. En ville aussi, c'est sorti. Bientôt, tout sera enfeuillé. Un autre cycle. Je « marque » les arbres à abattre l'an prochain.

Au retour, j'ai lu des contes. On connaît assez bien ceux de Jacques Ferron, mais me suis arrêté sur les *Contes de bûcherons* d'un vieux conteur nommé Isaïe Jolin. Des histoires orales colligées par un ethnologue, Jean-Claude Dupont. Il est surprenant de constater combien l'oralité nous définit encore. Tout de suite après, par des détours de hasard, j'ai relu plusieurs passages de *Bonheur d'occasion* de Gabrielle Roy. Avec des conséquences heureuses. Comme une fenêtre ouverte au vent. Comme quand on sent le printemps sur sa peau. Comme après un verre de vin, ou un effort physique.

Des mots, oui, mais leur forme aussi. On me raconte des histoires. Que ça fait du bien.

Plus tôt cet hiver, lors d'une rencontre publique, une jeune femme début vingtaine m'a posé une question qui résonne encore aujourd'hui, plusieurs mois plus tard : « Est-ce que ça existe encore de la fiction en création ? »

Ça m'a soufflé. Jusqu'ici. Maintenant. D'abord parce que c'est une question légitime, mais surtout car elle venait d'une personne qui vit dans une époque qui se met en scène à outrance. Un monde qui étourdit parce que tout tourne autour de soi.

C'est l'imaginaire qui en a pris un coup. Déjà que trop de littérature et de création étaient confinées au narcissisme des sentiments des auteurs-autrices. Et ce, depuis quelques décennies. Me suis dit que la situation de crise actuelle allait peut-être crever l'abcès de cette enflure de soi. D'autres gens vivent, autour et en nous. On découvre des histoires. D'autres histoires. Et elles nous ressemblent davantage.

L'histoire de Florentine Lacasse du roman *Bonheur d'occasion* n'est pas le témoignage d'une personne, mais une histoire dont les échos vont bien au-delà des murmures du «je» contemporain. Quand la jeune femme rêve de porter sa robe de soie noire, ses plus beaux bas et ses souliers vernis, ça devient un sentiment universel. Quand Gabrielle Roy trace les limites du «monde» par ses classes sociales, ça illustre une réalité. Et on prend la mesure des désirs amoureux, qui n'ont pas beaucoup changé. Quatre-vingts ans plus tard.

La force d'une histoire racontée, c'est d'évoquer. Et l'évocation manque cruellement ces jours-ci.

Le pouvoir qu'on donne à l'imaginaire est mille fois plus puissant que celui qu'on prend par la force. Il fait bon, de temps en temps, sentir que l'artiste n'est pas au centre du monde; c'est l'art qui doit l'être. On l'avait un peu oublié. Surtout quand l'ambiance est une histoire d'horreur. Ce serait le *fun* que la fiction dépasse la réalité. Rajuster les sentiments. On serait dus.

LES PIERRES

25 avril 2020

Après l'hiver, c'est toujours pareil : faut préparer la terre et la « civiliser » en sortant les roches qui ont poussé durant les mois froids. Une à une. De la taille d'un œuf à celle d'un cantaloup. À la main. Y a pas de miracle.

Année après année. Un jour, me suis dit : il n'y en aura plus. Elles seront toutes remontées. Que non. Elles sont infinies. Ça fait 17 ans que le potager est au même endroit. Parfois, je me dis que c'est comme l'imagination : sans fin.

Je les ramasse et les empile. Ça fait un beau paillis au pied des arbres.

Je reviens à la maison, de temps en temps, changer mes vêtements trempés par le travail. Entre les corvées de corps, il y a aussi celles de la tête. L'une repose l'autre et vice-versa. J'ai profité de cette pause, hier, pour répondre à quelques questions de Félicie, sept ans.

Je ne la connais pas, cette enfant. C'est pour un projet (un livre). Il n'y a pas de métaphore ici. Elle a posé des questions et je réponds (pour de vrai).

— Est-ce que tu aimes parler pendant que tu travailles ? (Au téléphone, mettons, ou avec des gens sur place.)

— Non, et même quand je ne travaille pas, je n'aime pas vraiment parler aux gens. Je préfère écouter. Ça fait plus de chemin.

— Est-ce que tu dessines mieux quand tu es dans ton atelier ou est-ce que tu dessines toujours aussi bien ?

— C'est toujours pareil. Si tu les aimes, mes dessins, je vais t'en donner un.

— Est-ce que tu fais le ménage, des fois ? Ou tu préfères le désordre et les taches de peinture partout ?

— Je préfère les taches de peinture partout. Tu devrais voir mes vêtements. Comme des arcs-en-ciel *trash*.

Et ainsi de suite. Une dizaine de questions. Après, je suis retourné travailler dehors. Coup d'œil aux tulipes et aux fraisiers, qui ont belle mine. Je regarde le ciel à venir, tente de deviner le temps qu'il fera cette semaine, et me dis que demain, je vais semer les radis, les laitues, les betteraves. Il fait encore froid, mais provoquer le sort en duel m'apparaît comme une belle idée. En forçant un peu les choses, peut-être qu'il sortira du bon de ce geste et que le risque fera un peu de magie.

Les journées rallongent. On sent un début d'espoir social. On se réjouit un peu de la situation à travers la tristesse et la fatalité des aînés dans un monde qui voudrait tant oublier ses faiblesses.

Un jour, il y aura un vaccin et une euphorie de vivre qui durera, je l'espère, plus longtemps que cette crise.

On aura le sentiment d'avoir un peu gagné contre le sort. On aura retrouvé notre état naturel, qui se situe entre les horreurs et les beautés. On peut en faire une moyenne sans trop se tromper.

Félicie encore :

— À quoi tu penses quand tu es dans ton atelier ? Juste à la peinture ou bien à d'autres choses ?

Presque juste à la peinture. Mais parfois, en mélangeant des couleurs, il m'arrive de regarder dehors en fixant le vide et de réfléchir à ce qu'on est. On se casse la tête pour trouver mille et une réponses à travers les pierres. S'en faire une image. Moi,

je dis qu'on est un étrange mariage entre la science et le destin.
　　Vais aller me mettre la face au soleil et respirer.

Des remerciements

D'abord à vous, lecteurs, qui faites d'un journal un monde libre et d'idées. À François Cardinal, Marius Marin et leur équipe pour avoir permis cet espace et ces mots durant trois ans et demi. Je retourne aux affaires de terre et à mes patentes d'artiste.

TABLE

Première partie : Chroniques du potager 7
Oscar et Goya 9
Sirop de poteau 13
La pluie 17
L'engrais 21
Les licornes d'automne 24
Le coyote de Noël 28
Prédire l'avenir 32
C'est pas tous les jours dimanche 36
Le frère Wilfrid 41
Histoire de potager 45
Les patates et le spa 49
La contravention 52
Le lapin de Noël 56
La veille du jour de l'An 59
Soupe au lait 62
Les *guns* 66
La fumière 69
Fables de ferme 73
La onzième heure de 21 77
Le chien de Pâques 80
Le potager 84
Le râteau 87
Nitassinan 91
Cher père Noël 95

Deuxième partie : Chroniques d'un confinement 99
Le feu 101
Une journée comme une autre 103

Ça roule, les poules	105
Les écales	108
L'arche de Noé	110
Revenir au galop	113
La bâche	116
À l'œil nu	119
Une histoire vécue	121
Méli-mélo	124
La chandeleur des oiseaux	127
Les rats	130
Sortir de soi	133
Les pierres	135

Achevé d'imprimer en avril 2021
sur les presses de
Marquis Imprimeur

ÉD. 01/ IMP. 01
Dépôt légal : 2ᵉ trimestre 2021

Imprimé au Canada